Les Éditions du Boréal
4447, rue Saint-Denis
Montréal (Québec) H2J 2L2
www.editionsboreal.qc.ca

ALICE COURT
AVEC RENÉ

DU MÊME AUTEUR

C'est pas moi, je le jure!, Boréal, 1997 ; coll. « Boréal compact », 1999.

Le Jeu de l'épave, Leméac, 2005.

Bruno Hébert

ALICE COURT AVEC RENÉ

roman

Boréal

Les Éditions du Boréal reconnaissent l'aide financière du gouvernement
du Canada par l'entremise du Programme d'aide au développement
de l'industrie de l'édition (PADIÉ) pour ses activités d'édition
et remercient le Conseil des Arts du Canada pour son soutien financier.

Les Éditions du Boréal sont inscrites au Programme d'aide aux entreprises
du livre et de l'édition spécialisée de la SODEC et bénéficient du Programme
de crédit d'impôt pour l'édition de livres du gouvernement du Québec.

L'auteur remercie le Conseil des arts du Canada et le Conseil des arts
et des lettres du Québec pour leur soutien financier.

Couverture : Richard Morin, *Le Piaf,* 1998.

© Les Éditions du Boréal 2006 pour la présente édition
© Les Éditions du Boréal 2000 pour l'édition originale
Dépôt légal : 1er trimestre 2006
Bibliothèque nationale du Québec

Diffusion au Canada : Dimedia
Diffusion et distribution en Europe : Volumen

Données de catalogage avant publication (Canada)

    Hébert, Bruno, 1958-

    Alice court avec René

    2e éd.

    (Boréal compact ; 177)

    Éd. originale : 2000.

    ISBN 2-7646-0444-0

    I. Titre.

PS8565.E194A84   2006   C843'.54   C2005-942357-9
PS9565.E194A84   2006

À ma sœur Sophie

Prologue

Le 3 septembre 1969. Y a pas juste moi qui sois dans la merde.

Rocky Marciano s'est planté la gueule avec sa Lincoln en Indiana. Il est mort sur le coup. Ce n'est pas une très bonne nouvelle.

Ford abandonne les Falcon. Ils ont fermé la ligne de montage hier matin à trois heures trente. Chaque fois c'est la même chose : on s'attache à un modèle, et hop! terminé, ils n'en font plus. Ce n'est pas une très bonne nouvelle.

Au Vietnam, les Américains savent plus quoi foutre. L'idée qu'il faudrait peut-être dégager le secteur commence à prendre forme tranquillement dans leur tête. Trois millions de morts, trois cent quatre-vingt-cinq mille blessés, vingt-deux milliards de dollars engloutis : ça fait cher le pique-nique. Si jamais ils se tirent de là, va y avoir un grand vide dans le bulletin télévisé ; la guerre en direct, le grand massacre quotidien, c'est comme un feuilleton, on s'habitue. Ce n'est pas une très bonne nouvelle.

Mais il y a pire.

Aujourd'hui, c'est la rentrée.

Chapitre premier

Assis tout seul au fond de l'autobus scolaire, je laisse ma tête tambouriner gentiment contre la vitre en regardant sautiller le paysage qui défile comme au cinéma quand la pellicule est pourrie. Dehors, pluie fine. Le ciel est tellement bas que ça donne envie de se pencher pour ramasser des cailloux. Je sais qu'au pluriel *bijou, caillou, chou, genou* et *hibou* prennent un *x* à la fin. Je ne suis pas complètement idiot.

Quand l'autobus passe dans un trou, ma tête cogne alors tellement fort que les larmes me montent aux yeux. Mais ça ne change rien, je m'en fous puisque je fais une expérience pour m'assommer à petite dose. Pas tout d'un coup mais progressivement, sinon ça fait trop mal. L'objectif serait de perdre connaissance.

J'ai de bonnes raisons d'être un brin déprimé. Il

suffit de faire un bilan rapide de mon passage dans le milieu scolaire jusqu'à ce jour pour que mon moral descende au rez-de-chaussée. L'école, ce n'est vraiment pas ma spécialité. Ça donne envie de se sauver par la porte de secours de l'autobus. Il suffirait d'attendre le moment propice. Par exemple, quand le chauffeur fait monter les seize enfants de la famille Papageorges. J'aurais tout le temps nécessaire. J'écarte tout le monde. Je sors de l'engin côté cour puis disparais dans la campagne pour toujours. C'est ce que j'aurais de mieux à faire, mais je me sens lâche, incapable de bouger le petit doigt.

Premier jour d'école. Je n'arrive même pas à imaginer l'immensité du malentendu. Tout le monde est joyeux. Ça sent le sac d'écolier neuf et la mine de crayon bien aiguisée. Ils sont tous fous, ils n'ont pas l'air de se rendre compte. Pour moi, ce voyage en autobus est une catastrophe, une immense catastrophe. L'envie de dégueuler mon jus de carotte et ma gélule de foie de morue sur la banquette devant moi ne cesse de grandir dans mon corps et dans mon esprit, même que ça se précise. Je sens une houle permanente, Jonas dans la baleine, un jour de tempête.

Je suis un imposteur qui sera bientôt démasqué et recraché sur le rivage de la cour de récréation. Peut-être arriverai-je jusque dans l'école, mais rien n'est moins sûr. Jamais, je ne me suis fait d'illusion. Je suis parfaitement conscient de l'issue fatale de l'entreprise. La seule inconnue, c'est de savoir combien il faudra de temps avant que je ne sois découvert et lynché par la masse hostile de mes camarades. Je suis un monstre déguisé en écolier ; j'ai la marque du diable imprimée sur le front.

Dans quelques minutes, monsieur Robert, le chauffeur, tournera rue Brodeur, passera devant la salle de bowling et stoppera en face de la grille de la cour de récréation, qui n'est rien d'autre qu'un champ de mines antipersonnel : oser le moindre déplacement sans être décapité relève du miracle ou de l'état de grâce avancé. Il faut soit se dématérialiser, soit marcher droit au milieu, comme un grand imbécile qui vient de gagner un poisson rouge à la foire. Et si le chanceux arrive jusqu'à sa classe sans qu'on lui ait fracassé son bocal sur la gueule, c'est qu'il a des contacts à Lourdes. Je ne suis pas rassuré.

Je commence à avoir l'hémisphère gauche du cerveau menacé d'un traumatisme crânien franchement localisé : Monsieur Robert vient de passer dans un nid-de-poule creusé à la dynamite. J'ai cru que ma tête avait brisé la vitre. Je me touche le cuir chevelu pour voir si ça saigne. Finalement, je décide de mettre fin à mon expérience de commotion cérébrale. Ça ne mène à rien.

Ma sœur Marguerite jacasse, hystérique, avec sa meilleure amie, Sylviane Boisvert. Elle ne fait, bien sûr, aucun cas de mon désarroi. Évidemment, puisque, pour elle, je suis un mort en sursis. Elle sait très bien, Marguerite, que je vais me faire péter la gueule, elle connaît le trio infernal. Une grande partie de ma terreur a un nom, ou plutôt trois noms : Thibault,

Lefebvre et Raton. Ce sont mes persécuteurs depuis déjà deux ans. Par-dessus tout, c'est d'eux que j'ai peur. Le trio infernal !

On ne s'intéresse pas au condamné à la peine capitale, c'est se faire du mal pour rien. À quoi bon jeter des miettes de pain à la petite bête souffreteuse qui n'a aucune chance de survie : il faut laisser faire la nature et c'est très bien. Elle a raison, Marguerite. Je ne lui en veux pas, je n'en veux d'ailleurs à personne puisque tout cela est un malentendu ; non pas une machination, seulement un malentendu. Si au moins mon frère Jérôme était là pour me défendre… Mais papa l'a envoyé travailler dans un kibboutz.

L'idée de la cour de récréation flotte déjà dans ma tête comme un mauvais présage ! J'imagine une série d'entrées en matière subtiles et délicates :

— Salut, petit con ! Fais ta prière, avant que je te pète la gueule.

— Mon nom, c'est Victime de Malentendu. Je viens de France, ma présence ici est une erreur, ils vont venir me chercher d'un instant à l'autre. Ne vous occupez pas de moi.

T'as juste le temps de voir ta tête rouler sur l'asphalte encore chaud d'un été brûlant, mais ô combien lointain déjà !

Non, décidément, ça pue le mauvais quart d'heure avec un goût de sang dans la bouche, celui qu'on a avant d'aller mordre la poussière. Je voudrais être ailleurs, très loin. Je pense à Oliver Twist qui marche tout seul à l'aventure à travers la campagne anglaise. La grande fuite majestueuse. Ça me donne du courage. Mais le courage, dans ma situation, est-ce bien approprié? Ne vaudrait-il pas mieux une immense lâcheté?

J'entre en cinquième année primaire, et la seule chose que je sache en mathématique, en français, en géographie et en histoire, c'est qu'au pluriel *bijou, caillou, chou, genou, hibou, joujou* et *pou* prennent un *x* à la fin. Le reste, c'est un trou noir. Je ne sais ni lire, ni écrire, ni compter quoi que ce soit. Je ne sais ni multiplier, ni diviser, ni soustraire. Je suis incapable de lire une phrase, même aussi simple que « Alice court avec Renée ». Je ne sais absolument rien pour la simple raison que, depuis la maternelle, je n'ai rien appris. Et ça, quand bien même j'essaierais de l'expliquer par a + b, avec tous les détails, personne ne voudrait le croire. C'est impossible. Quand je dis rien, c'est rien. Zéro, néant, vide total.

Il y a là un grand mystère doublé d'une effroyable réalité. Il y a quelque chose qui ne tourne pas rond dans le système. Car, bon, même si je me garde bien de faire étalage de mon ignorance, je suis étonné que personne ne s'en soit rendu compte. Il y a des limites à l'aveuglement. C'est donc peut-être un immense complot, après tout. Je ne sais même pas écrire mon propre nom sans faute. Les lettres sont énormes, illisibles, comme défectueuses. En clair, je suis un cancre, un esprit confus, désordonné, un tombé de la dernière pluie.

Quand l'autobus tourne, rue Brodeur, une rivière de diamants cinq carats se met à briller sur mon front et ça m'allume la façade jusqu'à la baie des Chaleurs. Mes jambes sont paralysées, l'huile de foie de morue me remonte dans la gorge comme un raz de marée.

Marguerite vient s'asseoir à côté de moi. On se regarde dans les yeux un moment, puis je vomis dans ma boîte à lunch pour ne pas salir l'autobus tout neuf de monsieur Robert.

— Respire, prends de grandes respirations.

La voix de ma sœur se voudrait douce et rassurante, mais elle ne fait qu'empirer mon état, car elle est fort révélatrice de la situation.

— Calme-toi, Léon. Il faut que tu te calmes.

— Si je continue à me calmer, Marguerite, ça va m'évanouir.

Ma sœur me regarde comme si les quatorze mois de différence qui nous séparent lui conféraient une maturité pratiquement inatteignable.

— Écoute-moi bien, Léon. Aujourd'hui, tu passeras par la porte avant, la grande porte des professeurs. Comme ça, tu pourras éviter la cour de récréation. En descendant de l'autobus, file directement vers le parking des professeurs. Tu trouveras la grille qui donne sur l'avant de l'école, elle n'est jamais fermée. Tu m'écoutes, Léon? C'est important, ce que je te dis.

Je fais semblant que je pense à autre chose, mais j'écoute tout, en détail. Marguerite le sait bien.

— Une fois devant l'école, n'hésite pas : la grande porte ! À l'intérieur, prends la deuxième porte à gauche, celle des toilettes de l'infirmerie. Tu entres dans une cabine, tu fermes la porte et tu attends, debout sur le siège, en silence, jusqu'à ce que la cloche sonne. Ensuite, ni vu ni connu, tu files direct à ta classe.

— Ça fait beaucoup de portes et ma boîte à lunch est pleine de vomi.

— Arrête de te plaindre ! J'essaie de trouver des solutions.

La pluie se fait plus lourde, le temps vire à l'orage. Un éclair viendra peut-être mettre le feu à l'école. Ça c'est déjà vu dans le Dakota du Sud.

Je pense à la pilule de cyanure. Ou alors, je pourrais aller me cacher dans les Rocheuses avec les déserteurs américains.

— Si on te pose des questions, tu diras que ton père est venu te reconduire et qu'il s'est trompé de porte.

Ma sœur retourne à sa place. Moi, je referme ma boîte à lunch. C'est ainsi que se fait mon entrée en classe de cinquième à l'école Saint-Matthieu de Belœil, par la grande porte des professeurs, avec ma boîte à lunch pleine de vomi. Et l'espoir luit comme un caillou au fond d'un cratère, avec un x dessus pour le situer, sinon on ne le voit pas.

Chapitre 2

Me voilà juché sur la cuvette des toilettes, en attendant que la cloche sonne. De droite, côté lavabos, me parvient l'écho confus de l'école encore vide et vierge de l'abomination. À gauche, derrière la petite fenêtre opaque, c'est le champ de bataille : on entend la rumeur de la cour de récréation, le vacarme d'un grand massacre, sûrement causé par un franc-tireur isolé qui assassine au hasard.

On pourrait croire que je m'ennuie, debout sur la cuvette des toilettes avec une boîte à lunch pleine de vomi. On pourrait croire que je trouve le temps long. On pourrait croire, mais pas du tout. Au contraire, le temps file comme un météore en fusion dont l'impact va anéantir toute trace de vie humaine sur la terre. Je ne suis pas pressé de bouger d'ici.

Dans l'immobilité la plus totale, j'ai tendance à

disparaître, je quitte le monde. C'est très agréable et ça pousse à la réflexion.

Dès le premier jour à la maternelle, il y a déjà six ans, ça s'était mal passé : on m'avait renvoyé au bout de quatre heures parce que je tournais en rond. Littéralement ! Ce n'est pas que je ne foutais rien. Non, je tournais en rond jusqu'à l'épuisement. Puis, je tombais dans un genre de catalepsie. Une fois au tapis, j'en profitais pour me reposer un peu, puis je recommençais l'exercice. Une expérience spatiale, métaphysique et probablement humanitaire. Je sondais les limites de l'inconnu.

Madame Farrel, la directrice, était venue me dire en personne, avec un grand sourire, que je changeais d'école. Elle pensait peut-être que ça me faisait plaisir ? Alors que toute ma famille était ici, et que l'école Farrel était un endroit fabuleux, un vieux manoir victorien couvert de vignes, d'un romantisme tellement achevé qu'on n'avait pas d'autre choix que de devenir des poètes. C'est d'ailleurs ce qui est arrivé à la plupart de ceux qui l'ont fréquentée : devenus complètement poètes, ils sont restés bien dans la merde toute leur vie.

J'ai essayé d'expliquer que je tournais en rond afin de m'habituer à l'atmosphère et que, déjà, je me sentais mieux. « T'as besoin d'être supervisé », qu'elle avait dit, Madame Farrel. Et ils m'ont renvoyé à la maison en taxi. Après quatre heures de maternelle ! Y a pas de justice !

« Supervisé », c'est pas un mot de poète, ça. Et j'avais très bien compris : ils allaient me viser avec un superélastique, me super-viser à la loupe et au microscope.

Je n'oublierai jamais le retour à la maison, assis sur la banquette arrière, dans l'ombre immense des épaules de monsieur Pilette, le chauffeur de taxi, le géant vert de Dame Nature. J'avais l'impression d'être un jouet coûteux qui a un défaut de fabrication et qu'on retourne au magasin : « Ça va pas du tout, il ne fonctionne pas comme il faut, reprenez-le. »

Madame Farrel a dit que je n'ai pas l'attitude nécessaire pour son école. Il faut changer d'attitude. Mais je ne comprends pas ce que c'est, l'attitude. Même si on me lisait la définition dans le dictionnaire, ça ne changerait rien, je ne comprends pas l'attitude.

En attendant, six ans plus tard, debout sur la cuvette des toilettes, j'ai toujours cette impression d'avoir un défaut de fabrication.

D'abord, un mouvement de la porte perçu par l'oreille gauche m'avertit du danger ; puis un courant d'air frais, parfumé comme un entrepôt d'Estée Lauder. Je ne suis plus seul dans les cabinets.

C'est Madame Penfield, la prof de math, qui a les seins comme des ogives nucléaires. Je n'ai pas besoin de la voir pour savoir que c'est elle. On ne peut pas dire qu'elle se parfume, le mot est trop faible. Non, elle s'embaume, elle se submerge, son odeur se répand sur plusieurs kilomètres, comme un code postal, une bombe à neutrons qui suffoque tout ce qu'il y a de poumons sur terre.

Elle s'installe dans le cabinet à côté du mien et entame une campagne sanitaire d'envergure, laborieuse à souhait, pour vider sa fosse septique. Je ne vois rien, mais j'ai le son et l'odeur. Le mélange caca, vomi et Paco Rabanne m'incite brutalement à faire la sieste.

À mon réveil, je suis couché dans un lit. Pendant un moment, je crois être dans ma chambre, à la maison. Sensation voisine de la volupté. Je suis sur le point de faire le sourire entendu de celui qui émerge d'un horrible cauchemar quand une hésitation, un doute m'envahit. Je ne reconnais pas le plafond. Celui de ma chambre est décoré d'une longue craquelure, résultat de quelque oscillation tellurique d'un autre temps. Ce plafond-là est au beau fixe, calme plat, patine sans morsure.

Quand des effluves de Paco Rabanne me sautent aux narines, je comprends soudain que je suis à l'infirmerie. Madame Penfield se penche sur moi, ses deux torpilles gonflées à bloc d'amour maternel et de compassion infinie :

— Alors, ça va mieux, mon garçon ? qu'elle me dit avec un sourire universel destiné à tous les orphelins du tiers-monde.

Je viens de gagner un tour de manège gratuit.

— Je crois que nous avons un garçon qui n'a pas pris son petit déjeuner, ce matin.

Elle me force à boire un verre de lait et à manger un beignet sans trou, avec de la gelée de fraises dans le milieu.

— Tu vas te reposer encore un moment. Ensuite, quand tu iras mieux, il faudra aller en classe, la cloche a sonné depuis longtemps.

Je n'irai jamais mieux parce que j'ai la leucémie sous-jacente de l'espèce indétectable, attrapée dans une expédition lointaine. Voilà ce que j'ai envie de lui répondre, mais je ne dis rien. Je ferme hermétiquement ma gueule et continue à scruter l'extrême blancheur du plafond.

Au bout de quinze minutes, Madame Penfield, ayant décidé que j'allais beaucoup mieux, me reconduit à ma classe malgré mes protestations. Elle me tient par le poignet, sa main est une clé à molettes qui se resserre au moindre mouvement de rébellion. Nous traversons les couloirs du primaire presque en courant. C'est comme si tout à coup elle s'était rendu compte que je me foutais de sa gueule.

Quand Madame Penfield ouvre la porte de la classe et me pousse à l'intérieur, c'est comme si on me jetait dans un aquarium. Tout devient subitement surréaliste, mais au ralenti. Madame Chavagnac, la prof de français, s'arrête d'écrire au tableau « Alice court avec René » et se tourne vers moi. Aussitôt, les trente-deux élèves allongent le cou sous l'eau, toujours au ralenti, et se mettent à me regarder comme si j'étais brûlé au napalm et que des lambeaux de chair carbonisée pendaient sur mon visage. Une fille avec un palmier sur la tête déclare à sa copine, tout haut, que j'ai de la morve qui me coule du nez. Je m'essuie avec ma manche comme si de rien n'était, sous l'eau et au ralenti.

23

Madame Chavagnac, grande nageuse, vient me prendre par la main pour me mener à mon nouveau pupitre. Immédiatement, je repère Thibault au dernier rang. Tout seul. Thibault isolé ne représente pratiquement aucun danger : il est timoré, inoffensif, un vieux qui dort dans un fauteuil. Mais vous le mettez en présence de Raton et de Lefebvre, il devient le plus pervers des trois salauds, visant d'abord les parties génitales et les yeux.

Madame Chavagnac me désigne une place à côté d'une grosse fille toute rouge à la mine réjouie qui a l'air de trouver ça drôle. C'est-à-dire, pas vraiment drôle, mais elle rit, comme si elle y était obligée. De n'importe quoi, ça n'a pas d'importance. On égorgerait un porcelet vivant au-dessus de son pupitre qu'elle trouverait ça drôle.

L'institutrice ne croit pas nécessaire d'insister sur mon retard et poursuit son cours de français : « Alice court avec René… » Je l'aime déjà énormément.

La grosse fille toute rouge, entre deux hoquets, se met à m'adresser la parole, exactement comme si elle avait quelque chose à me dire :

— Je n'ai pas le droit de prêter ma gomme à effacer. Ma mère me l'a défendu. Je suis obligée de la garder pour moi toute seule.

Elle se met à sortir de son cartable un *Winnie the Pooh* qui tient une raquette de tennis. L'ourson est intact sauf qu'il n'a plus d'oreille gauche.

— J'efface oreille par oreille. Ensuite, j'attaquerai les pieds. Ensuite, les mains. Plus tard, dans longtemps, ce sera la tête… Quand je serai à l'université.

— C'est une bonne nouvelle, que je réponds.

Puis je m'efforce de regarder ailleurs pour qu'elle cesse absolument de me parler. Tout de suite, sans délai.

L'institutrice dit qu'il faut se concentrer sur les mots nouveaux : après le lunch, il y aura une dictée. Moi, je me concentre sur l'heure du lunch parce qu'après je serai peut-être mort. Il suffit que la conjoncture Lefebvre, Raton, Thibault soit réunie, et c'est reparti pour la galère. L'année passée, à l'école Marie-Rose, ces trois tordus m'ont rendu fou. Le principe était assez simple. D'abord, il fallait qu'ils me repèrent. Ensuite, encerclement, puis passage à tabac suivi d'une série d'humiliations d'usage à cette époque : tordage de bras, mangeage de gazon, etc.

À l'école Marie-Rose, la cour de récréation était grande comme un kleenex, les cachettes extrêmement limitées. À Saint-Matthieu, ma nouvelle école, la cour est immense, ce qui comporte avantages et inconvénients. On est plus difficilement repérable et les cachettes sont nombreuses. Par contre, une fois repéré, on peut se trouver loin des autorités susceptibles de mettre un terme au massacre.

Et puis, il y a Alice qui court avec René…

Je n'arrive pas à me concentrer. Si au moins ces deux imbéciles couraient pour aller quelque part. Mais non ! C'est plus tard, vers la fin de la semaine, quand on aura décortiqué chaque mot à la loupe, qu'on finira par apprendre qu'ils courent après un canard dans la basse-cour. C'est la grande finale, le punch de la fin. Après on se demande pourquoi je ne me passionne pas pour la grammaire !

Mes oreilles sont bouchées par la pression. Je vois le monde à travers les hublots d'un immense navire échoué au fond de la mer.

Quand la cloche sonne et que toute la classe se lève en même temps, je fais comme tout le monde, me laissant entraîner par le flot des élèves qui se précipitent hors de la salle. Dans le monde aquatique, on se déplace en banc.

Dans la foulée, deux groupes se sont naturellement formés : les élèves qui vont à la cafétéria et ceux qui descendent d'abord chercher leur lunch dans leur case. Madame Penfield m'a désigné une case avant d'entrer en classe. Mais je ne me souviens plus du numéro, et puis ma boîte à lunch est pleine de vomi.

Je décide de suivre la grosse fille toute rouge qui rit tout le temps, ses parents lui donnent de l'argent pour la cafet'. Elle rit parce qu'il y a du macaroni au fromage au menu. Son oncle Fernand travaille aux cuisines de l'école et lui a révélé, comme un secret d'État, le menu de ce midi : macaroni au fromage, pudding au riz. Le macaroni, ça l'excite très fort, et ses fesses énormes sautillent de joie par bonds infimes, comme de la gelée royale sur le foie gras.

Les anomalies physiques me fascinent. En observant le phénomène, j'oublie presque que je suis en danger de mort. Ce paquet de chair sautillante me fait perdre toute vigilance. Je n'ai pas vu venir Raton derrière moi. Il doit me suivre depuis un moment parce que son coup est fulgurant. Il passe sur ma gauche comme un souffle et m'enfonce son coude dans le ventre. La respiration coupée, je tombe sur le côté, plié en deux. Raton disparaît dans la mêlée, mais il me laisse le reconnaître une fraction de seconde, bien suffisante pour que je puisse lire le message haineux inscrit sur son visage ruisselant de graisse.

La grosse fille se met à rire aux éclats en me voyant me tortiller par terre. Les larmes me montent aux yeux. Peut-être que je suis puni d'avoir regardé ses grosses fesses de gelée royale.

Raton n'a besoin de personne pour affirmer sa personnalité. Il n'est pas du genre timoré. Maintenant il ne manque plus que Lefebvre et le trio infernal sera à nouveau réuni. Et c'est un très grand merdier. Je me relève péniblement, la grosse idiote a disparu, je suis seul. Je m'appuie contre le mur pour respirer un peu. Le couloir désert me procure un réconfort moral appréciable. Il faut que je trouve le moyen d'échapper à la répétition des événements, un moyen de rompre les habitudes.

Arrivé à la cafétéria, puisqu'il faut bien aller quelque part, je m'installe stratégiquement derrière une colonne pour observer à loisir la masse des belligérants, occupés à manger leur sandwich à la mortadelle ou leur macaroni au fromage. Moi, je n'ai pas de lunch valable, le ventre me fait mal à cause du moulinet de Raton, et je suis complètement déshydraté. Les abreuvoirs sont de l'autre côté de la salle, autant dire à Khartoum. Pour le moment, je n'ai pas le courage d'y aller. Il faut reprendre son souffle et repérer où sont assis Thibault, Raton et Lefebvre.

La cafétéria doit contenir environ quatre cents élèves assis autour d'une vingtaine de tables. Je décide d'opérer par élimination en observant les tables, une à la fois, élève par élève. Je commence par la plus éloignée. Une table de filles qui doivent parler de la fin du monde ou d'un cataclysme imminent, à en juger par leur degré d'énervement. Les filles ont toujours des milliers de choses d'une extrême importance à se dire. Moi je n'ai rien à dire, il m'arrive de passer des journées entières sans prononcer un seul mot. Je n'ai aucune conversation.

La table suivante ressemble à la Cène, quand Jésus et ses apôtres cassent la croûte en sifflant du pinard : « Vous ferez ceci en mémoire de moi. » Sauf qu'il s'agit de l'équipe de hockey. Régent Thibaudeau, gardien de but et capitaine de l'équipe, distribue à ses apôtres des biscuits au chocolat et du coca-cola. Il y a dans ce rituel quelque chose d'angoissant.

Ces élèves sont considérés comme des demi-dieux parce que, l'année dernière, ils ont porté les couleurs de l'école jusqu'en demi-finale. Ce n'était jamais arrivé auparavant. De véritables sauveurs. Un frisson me parcourt l'échine, une peur soudaine venue du plancher qui monte à la tête. Je ne fais pas partie des super-héros, ça n'arrivera jamais.

Je fais porter mes observations sur une autre table. La première chose un tant soit peu encourageante que je vois : Raton et Thibault y sont assis mais pas ensemble. Voilà qui laisse supposer un refroidissement dans leur association de tortionnaires, À moins qu'il s'agisse d'une coïncidence ou, bien pire, d'une ruse. Si c'est le cas, les choses vont encore plus mal que prévu.

À cette table siège la raclure des bas-fonds de Belœil, des enfants morveux aux ongles sales qui se lancent à la tête leurs sandwiches à la mortadelle. Je ne vois pas Lefebvre et, pourtant, si Lefebvre était dans l'école, c'est là qu'il serait assis. Les élèves qui demeurent dans les alentours vont bouffer chez eux le midi. Je ne sais pas où habite Lefebvre, peut-être tout près, et alors il est allé s'empiffrer de mortadelle chez sa maman. Peut-être s'est-il fait écraser par un camion au cours de l'été, ou peut-être que ses parents l'ont mis en pension au Yukon…

Avec des « peut-être », on peut mettre un traîneau à chiens dans un bocal. Chose certaine, avec Raton et Thibault sans Lefebvre, je peux m'en sortir. Il suffit d'isoler Raton et de se péter la gueule ensemble, à fond, dans la rage et le sang. Après, terminé, affaire classée, peu importe l'issue du combat. Thibault, moins fort que Raton, comprendrait vite et deviendrait aussi inoffensif qu'un ouaouaron au milieu du pré. S'il ouvre la bouche seulement une fois, je lui plante une Malboro dans la gueule et j'attends qu'il explose.

Lefebvre est le chef et le plus fort de nous quatre, puisqu'il a redoublé d'année trois fois et que, dans les sports, il est déjà chez les grands de neuvième. Au ballon chasseur, il peut assommer un élève de troisième d'un seul coup. Lefebvre, c'est un gorille dans une cage à guenons. Personne ne peut rien contre lui, sauf un grand de onzième, et encore, ça dépend lequel.

La grande majorité des élèves du secondaire se défoncent au cannabis. C'est l'époque du *Peace and Love*, et les adolescents prennent trois *tabs* d'acide dans leurs céréales, le matin. On ne peut plus compter sur eux.

Chapitre 3

L'observation stratégique, ça donne soif. Il me faut aller aux fontaines avant de perdre connaissance. Je traverse la salle en me réduisant l'aura au maximum. Je réussis à dégager l'intensité d'un barreau de chaise. De toute façon, je suis si peu présent. L'eau fraîche me fait un bien énorme, je laisse couler le flot glacé sur mes lèvres, prenant de petites gorgées pour faire durer le plaisir. Je passerais ma vie penché sur une fontaine. Seulement, vient un moment où on n'a plus envie de boire.

— Alors, tu vas passer l'après-midi à boire de l'eau?

Une voix aiguë, perchée au sommet d'un pommier. Je me retourne lentement dans mon scaphandre et vois trois élèves faisant la queue derrière moi. Celui qui a parlé, c'est Régent Thibodeau, le capitaine de l'équipe de hockey, autant dire Ben-Hur lui-même. Je laisse ma place au fils de Judas sans dire un mot et je disparais derrière une colonne romaine. Plus j'évite les contacts et moins j'existe. L'idéal serait l'évaporation définitive et totale.

L'heure du lunch tire à sa fin. Les élèves commencent à se déplacer dans tous les sens, une sorte de mouvement clonique. Faut être prudent. Je décide d'aller pisser. Je n'en ai pas particulièrement envie, même après avoir bu trois litres d'eau, mais ça me donne quelque chose à faire. Vaut mieux être occupé. On oublie les gens besogneux, ils repeignent des maisons entières sans qu'on s'en rende compte.

Aux toilettes, il y a du monde comme à la messe. On compte vingt-deux urinoirs, douze cabinets numérotés et onze lavabos. Je m'installe devant un urinoir, je descends ma fermeture éclair, je sors Léo, le pompier, propre et circoncis, et je fais semblant de pisser, le regard droit devant moi, concentré et besogneux comme il se doit. J'imite à la perfection un jet raisonnable, silencieux et continu, chauffant la porcelaine dans une vapeur évanescente. Je pisse. Un droit physiologique acquis dans toutes les cultures et sociétés du monde, sans discrimination. Quand tu pisses, on te fout la paix. Même un prisonnier de guerre au Vietnam, on lui fout la paix.

Dans mon champ de vision, rien d'autre que la robinetterie rudimentaire de la chasse d'eau. Comme j'exerce mon droit fondamental, le monde extérieur disparaît et je pisse pendant dix minutes. Le temps s'écoule comme par enchantement, sortes de limbes au départ physiologique mais qui prennent des proportions lunaires, voire orbitales. Autour de moi, les pisseurs se succèdent, des élèves se lavent les mains et chahutent devant les lavabos, une cuvette déborde, un surveillant arrive... Mais tout se passe à des millions de kilomètres. Moi, je me déplace vers Alpha du Centaure dans la constellation d'Orion, trois fois à la vitesse de la lumière, debout dans mon droit fondamental, ignoré de tous, pulvérisé par une accélération fulgurante.

Je pisse.

La cloche annonçant la fin du dîner et le début de la récréation m'oblige à un retour brutal dans mon enveloppe charnelle. Léo, le pompier, le chapeau blanchi entre le pouce et l'index, veut qu'on le rentre dans son caleçon. Les toilettes se sont vidées, il reste deux ou trois pisseurs isolés, plus personne devant les lavabos. Un silence solennel, un calme profond et humide, la paix revenue dans un souffle de cathédrale engloutie. Je ressens une pulsion liturgique grave. Un besoin pressant de paix spirituelle, de méditation dans la prière et l'isolement. Ô solitude, mon choix le plus doux!

Mon attention se dirige vers le dernier cabinet, au fond de la salle. D'abord parce qu'il est adjacent à un mur, sans aucune possibilité de voisinage de ce côté. En montant sur le réservoir des toilettes, je pense — ô merveille, chance inespérée! — pouvoir atteindre la fenêtre en retrait dans le mur. D'après mes calculs, ce renfoncement pourra servir de cachette au moment où le surveillant — qui ne saurait tarder — viendra vérifier si tout le monde a bien quitté les lieux pour se rendre aux arènes assister au grand spectacle à la gloire de Tibère. Là se regroupent massacreurs et massacrés dans une joyeuse farandole, au milieu des cris de douleur, des hurlements victorieux. Tout cela s'entremêle dans un tumulte juvénile empreint de ce que les adultes appellent l'innocence.

En réalité, c'est comme un entraînement préparatoire à une brillante carrière chez les Khmers rouges ou dans le Sentier lumineux, au choix. La terreur et la violence sont les premières leçons fondamentales enseignées à l'école.

J'ai vu mourir des chats aspergés d'essence qui couraient comme des boules de feu avant de s'effondrer, j'ai vu des hamsters crucifiés sur des planches de bois, des goélands magnifiques avalant des sardines piégées qui leur déchiraient les entrailles en plein vol, des chiots qui servaient de cibles à la carabine et qui mouraient lentement après avoir reçu une vingtaine de plombs dans le ventre.

Il s'agit de sévices contre des animaux, j'en conviens, mais de la bête à l'homme, il n'y a qu'un pas, un ruisseau, une rigole. Peut-être que j'exagère, peut-être que je suis simplement schizophrène névrotique.

Si on me donnait à choisir entre rester un être humain ou devenir une plante verte, je choisirais… l'être humain, d'accord, mais il y aurait réflexion, hésitation, vertiges et tentations, et c'est là le drame. Il faudrait peser le pour et le contre, allant jusqu'à s'imaginer sur le bord d'une fenêtre, côté sud, avec un pouce vert qui vous arrose tous les matins (une amoureuse de Mozart, par exemple). Il n'en faut pas plus pour que je sente une brise légère, un parfum subtil, une émotion pervenche… Mais cette magistrale descente dans la schizophrénie n'aura pas lieu, en raison de mon penchant, allez savoir pourquoi, pour l'option humanité. (Comme si je lui devais quelque chose! J'aimerais bien savoir quoi, pour pouvoir le lui rendre. Après, je ferais la sieste pendant quarante-huit mois.)

Dans le cabinet du fond, je me hisse jusqu'à la fenêtre. Renfoncement moins large que je me l'étais imaginé. Encore une fois, il faudra me dissoudre, m'agglutiner, épouser la moulure, me caraméliser dans la rouille terre de Sienne et la peinture écaillée du bord de la fenêtre. Me faire tout petit et disparaître.

Quand le surveillant ouvre la porte, je retiens mon souffle et regarde de très, très près, au microscope, une mouche morte et desséchée qui a une tache verte sur le dos. Je ne peux faire autrement que la regarder, ma tête est enfoncée dans le coin où elle se trouve. Je sors la langue d'un millimètre et je bouffe la mouche, je ne sais pas pourquoi. Puis le temps se met à faire passer un ange. Le surveillant referme la porte tranquillement. J'écoute ses pas mouillés s'éloigner du rivage, lentement. Un nageur fatigué qu'on n'attend plus. Ensuite, le grand silence merveilleux de la paix. Enfin seul, je peux respirer. Un lavabo mal fermé fuit comme une source tranquille au fond d'un bois. Le monde se transforme, mes yeux s'ouvrent sur l'Amazone.

Par la fenêtre opaque, j'entends les hurlements lointains de la récréation. Multiples batailles, affrontements belliqueux, marchandages louches, transactions illicites qui se trafiquent le long des murs et dans les coins discrets, à l'oblique de l'œil, comme si on ne les voyait pas. L'école est en marche, le monstre qui a dormi tout l'été, pendant qu'on lui rafistolait la toiture et ravalait la façade, se réveille frais peint, bon pied bon œil.

Quatre cent quarante élèves parcourent ses couloirs comme du sang dans ses veines, piétinent ses assises, faisant bouillonner les cellules de son cerveau malade, orienté vers un bourrage de crâne illusoire. Justice aveugle rampant dans les terrains vagues, exécutions sommaires, le royaume de l'arbitraire. Réplique parfaite de la folie des hommes et de leurs manies de vouloir reproduire des microclimats corrompus et pestiférés pour y mettre en scène leurs vilaines petites guerres personnelles, convaincus qu'il s'agit là d'un fidèle reflet de la société avec ses avantages et ses inconvénients. Ils s'amusent à recréer les petites misères de ce qu'ils appellent la vie, distribuant la merde par gros paquets qu'ils laissent tomber au hasard. Que tu sois un génie ou un demeuré, ça n'a pas d'importance. Tout le monde s'en fout. Parce qu'à l'école, de toute façon, tu vas en prendre plein la gueule. C'est le plus grand échec des hommes, d'autant plus qu'ils sont sûrs d'avoir réussi.

Pendant ce temps, dans la savane, le soleil est venu éclabousser les latrines, répandant plusieurs grandes taches de lumière. Il n'y a rien de plus calme qu'une tache de soleil. Si, en plein milieu, vous y mettez un chat qui dort, alors c'est la fin du monde tellement c'est calme. S'il faut avaler des mouches mortes et ramper sous les fenêtres pour regarder tranquillement une tache de soleil, eh bien ! je vous donne mon cheval et vous pouvez garder le royaume qui va avec. Moi, je ne veux rien savoir de l'école, ils peuvent se la carrer dans le rectum. C'est une décision irrévocable.

J'en suis là dans mes réflexions quand un monsieur, probablement concierge ou chargé d'entretien, ouvre la porte et crie d'une voix forte : « Descendez de là, immédiatement ! » Me voila pris en flag. Tout est fini, un idiot sur la corniche. Je ne l'ai même pas entendu venir. Il me regarde, l'œil sévère. Il tient une grande serpillière, son seau à roulettes le suit par derrière. Je décide d'obtempérer.

La descente est plus laborieuse que la montée. Le surintendant à l'entretien me regarde m'égratigner la peau du ventre sans lever le petit doigt.

— Surtout ne m'aidez pas, je suis capable tout seul.

Je fais un atterrissage plus ou moins raté, pratiquement aux pieds du bonhomme qui m'observe, impassible, pendant que je reprends mon souffle. Le puissant parfum de javel me remet les idées en place.

— Je ne faisais rien de mal, vous savez.

Il a le menton appuyé sur le manche de sa serpillière, ses yeux verts me regardent comme s'il pensait à autre chose. Je ne dis pas qu'il est dans les nuages, mais fort probablement en montagne, à une altitude où l'oxygène commence à se raréfier.

D'un seul coup, quelque chose me revient à la mémoire. J'ai déjà vu cet homme-là ! Des millions d'images et de visages défilent dans ma tête et finissent par s'arrêter sur le monsieur qui passe la quête, le dimanche, à l'église. C'est lui. Je poursuis ma plaidoirie avec de nouvelles nuances.

— Si j'étais là-haut, c'est que quelqu'un a lancé ma médaille de saint Christophe pour me faire une blague. Alors, je suis monté voir, pour la récupérer.

— Oh ! Moi, tu sais, je t'aurais bien laissé là-haut à chercher ta médaille, déclare le laveur de plancher. Seulement, tu t'es endormi. Alors, j'ai eu peur que tu te retournes dans ton sommeil et que tu te fracasses la figure en tombant.

— Je ne dormais pas du tout, je n'ai pas dormi une fraction de seconde. Et je n'ai pas trouvé ma médaille. Vous savez, derrière mon saint Christophe, il y a un fragment d'étoffe de lin qui a touché au cœur du frère André. Directement.

— Vraiment ?

Il m'énerve avec son « vraiment ? », parce que vraiment ça signifie qu'il y a anguille sous roche, sinon on dirait « Ah bon ». Mon histoire est parfaitement plausible. Je vois pas pourquoi il doute : quand c'est plausible, y'a pas de raison.

— Ils font venir le tissu d'Italie, par grands rouleaux. C'est du lin tissé serré d'une manière très spéciale et très ancienne. Ils appellent ça du linceul. Ils déroulent le tissu sur une table, et là des sœurs grises en pénitence coupent des morceaux carrés plus petits que des timbres-poste. Ensuite, ils les remettent au frère Picard, le cousin germain du frère André. Tous les matins, il monte dans le dôme de l'Oratoire où on a exposé le cœur du frère André sous une cloche de verre. Le saint organe baigne dans un bassin de formol. Consciencieusement, un à un, le frère Picard applique chaque morceau d'étoffe sur le cœur. J'ai entendu dire que, quand il y en a trop, il met le cœur dans un sac de plastique avec tous les bouts d'étoffe, puis il mélange comme on fait avec le poulet dans la panure. Mais ce sont des ouï-dire, je n'ai pas de preuve.

— Je veux bien te croire, mais pourtant, tout à l'heure, j'ai entendu une sorte de ronflement qui m'a mené droit au cabinet près de la fenêtre. J'ai ouvert la porte. Personne. Je me suis dis, tout de suite : « C'est étonnant, il s'agit d'un phénomène. » À ce moment-là, j'ai entendu un autre ronflement, j'ai levé les yeux vers la fenêtre et…

— Vous avez fini de me parler comme à un demeuré ? Je ne dormais pas, j'écoutais les bruits de la cour de récréation. Je vous connais : c'est vous qui passez la quête, le dimanche, et c'est vous aussi qui sonnez les cloches de l'église.

Je lui ai lancé ça comme si je l'accusais de génocide.

L'homme hésite avant de répondre. Ses yeux verts, aussi profonds qu'une forêt de cèdres dans la blancheur de l'hiver, me regardent avec une indulgence mêlée d'une lassitude apparemment millénaire.

— Il faut que tu retournes avec les autres. Tu ne peux pas passer tout ton temps dans les toilettes. Faudra bien un jour que tu te décides.

— Vous faites dans la psychologie enfantine? Vous pensez que j'ai peur de la cour de récréation?

— Je le pense, oui.

— Eh bien! Vous avez parfaitement tort, parce qu'il n'y a rien de plus faux au monde. Seulement, avant d'être un enfant, dans une autre vie, j'étais un géranium, ce qui fait que ça me plaît de regarder des taches de soleil au bord d'une fenêtre, ça me donne l'impression de grandir.

L'homme me prend par la main et nous quittons les latrines d'un pas lent, comme si nous n'allions nulle part.

— Aujourd'hui, c'est la rentrée, déclare le sonneur de cloches. Les enfants se tiennent tranquilles le premier jour. Ils n'osent pas faire de bêtises. Tu ne risques rien.

— Vous croyez ça? que je réponds en ricanant. Ils se foutent complètement que ce soit le premier jour ou le dernier. Il ne s'agit pas de faire des bêtises, ils ne font que suivre la tradition. La routine, quoi!

Je finis ma phrase sur un ton neutre, mais avec une touche martyrs-canadiens-qui-se-faisaient-scalper-par-les-Iroquois. Nous traversons la cafétéria en silence.

Tout à coup, j'aperçois un homme d'une obésité

hallucinante, qui rigole tout seul en nettoyant un graffiti obscène dessiné sur la table, au crayon feutre.

— Je crois que tu exagères un peu, mon garçon, finit par dire le sonneur de cloches, deux mille angélus plus tard dans les Maritimes.

Je ne l'écoute plus, fasciné par cette montagne de chair : sans doute l'oncle Fernand de la grosse fille toute rouge qui rit tout le temps. Une bête de cirque.

Je n'arrive pas à détourner mon regard. Le personnage est tout luisant de sueur, brillant comme si on l'avait badigeonné d'huile solaire. Armée d'un torchon, sa main droite s'acharne sur un pénis en érection qui ne veut pas disparaître. La chair flasque de son bras ballotte dans tous les sens, ça devient frénétique. Je n'avais jamais vu un truc pareil ; c'est le *Tonight Show*. Quand la vie semble devenir normale, on se met à voir des montagnes de chair en train de faire éjaculer des pénis dessinés au marqueur.

Nous arrivons devant la grande porte qui donne sur la cour.

— Vous faites quoi, à part faire la quête, sonner les cloches et laver les planchers ? que je demande pour gagner du temps et laisser la chance à un fragment de météore de venir pulvériser la cour de récréation.

L'homme hésite un moment. Il regarde droit dans mes yeux bleus, avec son vert à lui. Ça fait comme un lagon des Caraïbes, un lambeau d'océan suspendu entre nos deux visages. Il y a quelque chose chez cet homme que je n'arrive pas à comprendre.

— Je m'occupe à entretenir le potager du

presbytère et le cimetière aussi. Il y a mes ruches qui me prennent beaucoup de temps. Ce sont les récoltes et les abeilles sont furieuses. Elles me causent bien du souci. L'hiver, je déblaie la neige dans les entrées de maison et je livre du bois de chauffage…

Je vois bien qu'il veut faire plaisir, le sonneur de cloche. Il traîne sur les phrases comme si elles n'allaient jamais finir.

— Je cumule les petits travaux. Mis bout à bout, ça fait un grand travail et de longues semaines.

Il pousse la porte qui s'ouvre sur le tumulte frénétique de la cour de l'école. Le lagon turquoise suspendu s'écrase la gueule et disparaît en déferlant dans le trou d'une baignoire invisible. Le soleil frappe le sol fraîchement goudronné. Trois cent quarante élèves courent dans toutes les directions, sans aucune logique apparente. Il n'y a plus de place pour la paix, il faut se brasser le camarade. C'est la condition humaine.

Je regarde une dernière fois l'homme aux yeux verts.

— Vous n'êtes pas un mauvais type, mais vous n'êtes pas bon non plus. Vous parlez gentiment, psychologue et tout, mais au fond, vous vous en foutez complètement, comme les autres. Vous auriez dû me laisser où j'étais.

— Tu devras affronter tes démons, un jour ou l'autre, Léon Doré. Le plus tôt sera le mieux.

— Qui vous a dit mon nom?

Il claque la porte, sans répondre, le salaud.

Je disparais comme un chat giflé, rasant les murs.

Chapitre 4

À la récréation, à moins qu'on se tienne accroché aux poils de cul du surveillant général, il n'y a aucun endroit vraiment garanti sans danger dans cette cour d'école. Malgré la terreur que m'inspire le trio infernal, je préfère risquer de me faire péter la gueule que de me cantonner près de ce grand imbécile. Il me reste encore de l'amour-propre, pas beaucoup, des graines de sésame au fond d'une cage à perruches, mais ce sera suffisant : j'ai un appétit d'oiseau. L'autorité officielle étant la grande responsable de cette anarchie, je ne vais pas lui demander protection contre sa propre aberration.

Une fois, l'année passée, à l'école Marie-Rose je me suis plaint du trio infernal aux autorités. Le directeur m'a alors répondu, très calmement :

— Quelquefois, mon garçon, il faut affronter ses

camarades, se tenir debout devant eux, ignorer les quolibets et s'expliquer franchement, face à face.

Sur ces paroles rassurantes, il m'a reconduit à sa porte en me tapant gentiment sur l'épaule. Ignorer les quolibets? Une réponse comme ça décapite le moral. Les hautes sphères de la régionale de Yamaska nagent dans la bêtise la plus complète. Il n'y a rien à espérer. Ils vivent mille ans en arrière dans un monde barbare.

Quant à savoir ce qu'entendait monsieur le directeur principal par « ignorer les quolibets » et « s'expliquer franchement, face à face », on s'en fout. On ne discute pas, on ne parlemente pas avec un criminel de guerre. Ce petit Mussolini en puissance latine, avec son arrière-goût jésuite et moule marinière, sait très bien ce que représente le trio Raton, Thibault, Lefebvre. Tout le monde les connaît : des fous furieux qui s'en vont tout droit vers le fait divers, avec homicide.

Il suffit d'être un peu patient : ils finiront par me tuer accidentellement et me découper en caramels, sans faire attention : « On voulait s'amuser gentiment, s'expliquer face à face, ignorer les quolibets, sauf qu'on a sectionné une artère mal placée. Par erreur. Nous sommes désolés. Il a perdu tout son sang. »

Peut-être que j'exagère, mais je sais que Raton et Lefebvre ont des couteaux. Pas des petits suisses avec des limes à ongles, des miniciseaux et des pincettes pour enlever les échardes. Non, je parle de couteaux style *jackknife* à deux lames, tranchantes comme des rasoirs. Le genre d'outil qui peut faire des dégâts considérables. Je suis d'une nature inquiète, c'est entendu, mais je me souviens encore très bien du jour où Lefebvre a tranché la gorge d'un chat dans la ruelle du bowling.

C'était au milieu de l'hiver, le froid coupant faisait saigner les lèvres, Raton et Thibault m'avaient coincé au pied des fenêtres du gymnase et forcé à les suivre. Lefebvre voulait me montrer quelque chose, qu'il disait. J'aurais pu tenter de fuir, mais nous étions presque à la fin de la récréation. La cloche allait sonner d'une minute à l'autre ; ça ne pouvait pas durer bien longtemps.

Comme je regrette de n'avoir pas couru ce jour-là comme je l'ai fait tant de fois avant. À la course, Raton et moi avons à peu près la même vitesse. Thibault se déplace aussi vite qu'une porte d'écluse. Tandis que Lefebvre ne court jamais après personne. Mais je n'ai pas couru. Je me suis laissé traîner, soumis et stupide, esclave eunuque dont la volonté a disparu depuis plusieurs générations.

Derrière le bowling, Lefebvre attendait, le pied sur une caisse de bois, le dos appuyé contre les immenses poubelles, le regard brillant d'excitation. Le froid perçant ne semblait pas l'atteindre. Sa grosse vareuse de laine était ouverte, laissant son cou noueux à l'air. Il ne portait pas de gants, sa main droite faisait tournoyer un couteau à cran d'arrêt avec une dextérité fascinante, la lame disparaissait et réapparaissait à une vitesse inouïe.

— C'est gentil d'être venu, tu ne le regretteras pas. J'ai préparé une petite cérémonie d'initiation familiale, un truc qui va nous rapprocher.

— Écoute, Lefebvre, je suis venu sans faire de problèmes. Alors, finissons-en, la cloche va sonner dans une minute, qu'est-ce que tu me veux?

Lefebvre a changé de ton.

— T'as vu comment il me parle, ce morpion?

Raton m'a donné une claque derrière la tête, et ma tuque s'est envolée avant de retomber dans la neige.

— Tu comprends, Léon, j'ai besoin de toute ton attention, poursuivit Lefebvre. Alors, Raton va s'arranger pour que tu gardes les yeux bien ouverts. C'est une cérémonie haute en couleur qui s'appelle la décapitation du sujet récalcitrant. Tu peux voir ça comme une répétition générale en vue du jour où j'en aurai assez de voir ta gueule de morpion salir mon paysage.

Il est comme ça, Lefebvre, poète à ses heures, farouchement persuadé qu'il a de la repartie. Thibault et Raton buvaient littéralement ses paroles, sans trop comprendre ce qu'il disait. La pensée de Lefebvre est si obscure et débridée que même un psychiatre spécialisé dans la démence psychopathe aurait du mal à saisir la moindre intention derrière son langage coloré.

Moi, je comprends Lefebvre, mieux que lui-même. Je le sais, il le sait. Et c'est là tout le drame. Lefebvre me déteste au-delà de l'entendement parce que je suis son seul interlocuteur valable, le seul rempart contre son effrayante solitude. Lefebvre est un véritable dément, un danger public, je le sais. Il sait que je sais et, un jour, il me tuera. C'est sa manière à lui d'exprimer l'amour.

Tout s'est passé très vite. D'abord, Thibault m'a

ceinturé les bras, Raton a pris une poignée de mes cheveux et m'a redressé la tête de force. Pendant ce temps, Lefebvre a enfilé un gant de cuir et glissé sa main dans la caisse de bois sous son pied. Il en a sorti un chat à peine adulte, transi de froid, qui se débattait dans tous les sens, griffant, miaulant, cabrant la colonne vertébrale dans des sursauts étrangement vigoureux.

Avec sa main gantée de cuir, Lefebvre le tenait solidement par la peau du cou. Les efforts désespérés de l'animal étaient inutiles. Lefebvre s'est approché de moi.

— Il faut que tu comprennes, Léon. Le sang. Il faut comprendre le sang. Le début de la libération. C'est par le sang que tout commence. Ensuite, la chaleur des tripes bien fumantes, ça aussi, il faut que tu comprennes. Tu as bien des choses à apprendre, mais je suis là, mon petit morpion. Je suis là pour te conduire sur le chemin de la connaissance.

Depuis un moment, je devinais les intentions de Lefebvre. Même si l'apparition du chat avait été une surprise, je savais que, d'une manière ou d'une autre, le garçon prenait la tangente de l'horreur. La lame de son cran d'arrêt a pénétré si profondément dans le cou de l'animal que la tête s'est détachée jusqu'au cartilage. Le sang s'est mis à jaillir comme une fontaine. Les forces commençaient à quitter mon corps, mais Raton tirait sur mes cheveux pour que la douleur m'empêche de m'évanouir. D'un coup sec, Lefebvre a détaché la tête, et le corps du chat est tombé dans la neige.

— Mon père était boucher avant d'être ivrogne.

Il m'a toujours répété : « La trachée d'abord, mon garçon ! »

Lefebvre tenait encore la tête du chat dans sa main. Il l'a approchée de mon visage.

— Regarde ses yeux, tu vas comprendre. Ce n'est pas de la peur, ni de la douleur. Regarde bien : c'est de l'étonnement.

Lefebvre semblait en proie à une révélation intellectuelle, une énigme enfin résolue.

J'étais soulagé que le chat soit mort parce que pour lui tout était fini. Il avait cessé d'exister, il ne restait que la vapeur qui montait dans le froid glacial.

Lefebvre a mis la tête du chat dans ma tuque et me l'a tendue.

— Tiens, c'est un souvenir.

La cloche de l'école s'est fait entendre, lointaine, comme venant de l'Alaska. Fin du joyeux bivouac : le petit chat est mort, sa tête dans ma tuque. Le trio a disparu en courant.

Je suis resté immobile un bon moment, puis j'ai vomi tout ce que j'avais dans le ventre, depuis l'hostie de ma première communion. J'ai pris le corps du chat, je l'ai mis dans la poubelle, j'ai aussi jeté ma tuque.

Depuis ce jour, je sais que Lefebvre ne s'arrêtera jamais. Il a perdu la tête. Faut soit lui couper une jambe et un bras, soit l'occire purement et simplement à coups de 30-30 pour éléphants diabétiques. Mais, vu mon jeune âge, je n'arrive pas à considérer cette exécution comme un devoir, ou comme une responsabilité personnelle.

Chapitre 5

À l'école, j'ai acquis avec les années une conviction personnelle. Et ma conviction, c'est qu'à l'intérieur même du périmètre de la cour de récréation remplie d'enfants surexcités — ou n'importe où au monde, dans l'épicentre de la multitude — il y a un endroit juste pour soi, qui n'existe pas pour les autres. Un endroit ignoré, une position métaphysique qui nous maintient hors de danger, hors de vue, un endroit privilégié, personnel à chacun de nous. C'est ma conviction.

Ne pouvant retourner me cacher dans les toilettes, je décide de mettre en pratique ma conviction. Je m'installe donc entre deux factions : un groupe de filles et un groupe de garçons. Les filles jouent à l'élastique. Pour ceux qui ne le savent pas, l'élastique est un jeu qui a connu une grande popularité dans les années 60.

Deux filles se placent face à face, à cinq pieds de distance, leurs jambes reliées par un élastique. Une troisième fille vient exécuter une série de figures compliquées au milieu. On pourrait considérer ça comme un rituel à la gloire des dessous féminins. Un imbroglio subtil et compliqué de jambes enchevêtrées dans l'élastique d'un vieux jupon. Sauf pour les vicieux, ce n'est pas un jeu particulièrement intéressant à regarder.

À ma droite, contre le mur du gymnase, en plein dans le rayon du soleil, une bande de garçons échange des cartes de joueurs de hockey. Ça discute ferme. Conversation basée sur une échelle de valeurs énigmatique concernant surtout les Bruins de Boston et les Canadiens de Montréal. Moi, je n'y comprends rien. Mis à part les morceaux de chewing-gum dans chaque emballage, rien ne m'intéresse dans les cartes de hockey. Mais, comme je disais, l'endroit entre les deux groupes me paraît être une position métaphysique intéressante, une manière de *no man's land* qui délimite deux univers radicalement opposés. Chaque groupe ignore souverainement son voisin, ce qui crée dans le mince espace entre les deux un endroit quasiment invisible. Je m'y installe avec de grands espoirs.

Les rayons du soleil viennent me réchauffer les joues et la prunelle des yeux. La chaleur douce et pénétrante procure un sentiment illusoire de sécurité et de bien-être, comme si la plénitude et le bonheur avaient quelque pouvoir sur l'infini, sur la douceur de vivre, comme s'il était possible de devenir dieu.

C'est à ce moment-là que c'est arrivé et que les

choses ont commencé à se compliquer énormément. J'ouvre les yeux et elle est là, devant moi, contre toute attente, parmi les multiples possibilités de la vie, les milliers de conjonctures, comme une étoile dans le firmament. Une clairière de pur bonheur à l'orée du bois obscur de la folie. Elle est là, le regard en Égypte, les deux pieds dans un élastique. Elle attend son tour pour aller danser. Une âme qui transporte mon cœur à des vitesses vertigineuses, les minces attaches qui me restent encore avec la réalité sont balayées comme une toile d'araignée dans le chemin d'un ouragan. Je me sens emporté dans le mouvement de la grande maladie de l'incurable. Clarence.

En dépit de mon angoisse grandissante, et bien que mes jambes s'enfoncent dans les sables mouvants, quelque part ailleurs, dans les profondeurs de mon âme, enfoui dans la masse des vestiges oubliés, surgit un grand soulagement, un frémissement d'espoir, un volcan qui reprend vie après des milliers d'années d'un profond sommeil. Clarence Levant est là, devant moi. Clarence, l'oiseau du paradis, existe. Elle n'a jamais cessé d'exister et cela confirme ma propre existence. Dire que j'ai pensé qu'elle n'était qu'un rêve, une anomalie de mon cerveau. Mais la preuve est là devant moi, de chair et de sang. Même à cent pas, je la vois qui palpite et qui gronde. La vie bouillonne dans mes veines, je sens des forces nouvelles m'envahir. Clarence, la magnifique. Clarence, l'amour de ma vie.

Quand nos regards se croisent, c'est terrible et sans merci. Je comprends qu'en dépit des trois mètres qui nous séparent, une zone franchement boréale remplit l'atmosphère. En quelques secondes et un regard, Clarence a fait surgir d'énormes glaciers infranchissables. Le message est clair : « Ne m'approche pas ! »

Notre dernière rencontre avait mal fini. Nous avions cambriolé une maison et volé une icône qui valait une fortune. La police s'en était mêlée et cela avait fait toute une histoire. La mère de Clarence avait affirmé que j'étais le diable en personne, que j'avais corrompu sa fille au-delà de l'entendement. Elle avait un peu raison, mais pas complètement.

Ils ont vendu la maison à l'automne et ont déménagé dans un endroit secret, de l'autre côté de la ville. Je n'ai plus revu Clarence. Car, d'abord, il a fallu que je sombre dans une profonde dépression obligatoire. Ensuite, plus tard, un jour, je me suis senti mieux. Je pensais naïvement avoir oublié Clarence, mais maintenant, je comprends qu'elle vit toujours en moi, comme un corps étranger lové près du cœur.

Mon dernier souvenir de Clarence, juste avant qu'on nous sépare, c'est quand elle a posé ses lèvres merveilleuses sur les miennes. Embrasser Clarence est un des plus grands bonheurs au monde. Il y en a un autre encore plus grand, c'est quand elle vous embrasse. Alors le monde disparaît, englouti.

Treize mois que je ne l'ai pas vue. Elle a changé, mais je ne m'en aperçois pas. Si j'avais quelque discernement en ce qui concerne Clarence, sans doute remarquerais-je qu'elle est moins jolie. L'âge ingrat la fait pousser trop vite dans sa robe d'écolière. Mais je ne vois rien. Ébloui par la lumière divine de son âme qui transperce tous les pôles Nord, ces glaciers qu'elle met entre nous ne sont que débâcle géographique négligeable.

Autour d'elle, je le sais depuis longtemps, règne la douceur des Caraïbes, le vent chaud, le sable blanc, l'amour infini. Il faut à tout prix, ne fût-ce qu'une fois encore, retourner dans ce pays étrange et merveilleux. Même si, là-bas, il y a aussi la misère et de grandes injustices, il me faut quand même retrouver ce que je n'ai jamais vu en elle et qui, peut-être, n'existe pas.

Avec Clarence, je pourrais même envisager l'option plante verte au bord de la fenêtre avec un pouce vert compatissant. C'est le prix de l'amour.

Il faut réfléchir à la situation avec réalisme. Pour reconquérir Clarence, il faut toujours commencer par un sacrifice.

Un garçon que je n'ai jamais vu de ma vie s'approche d'elle et commence à lui parler comme s'il la connaissait depuis mille ans. Puis, ils partent ensemble, main dans la main. À vous fendre le cœur. Pulvériser la chapelle Sixtine à l'ogive nucléaire, ça ferait pas plus mal. Elle abandonne ses amis avec un sourire de nymphette qui vous décape l'organe vital, sans le moindre regard pour mon insignifiante personne. Ma vie est finie.

Écroulé dans ma position métaphysique, je vais me précipiter pour la rejoindre, par hasard, comme si de rien n'était, quand, droit devant moi, arrivant sans doute du terrain de baseball, surgit le trio infernal, fonçant dans ma direction. Ma vie est surfinie.

Lefebvre a doublé de taille durant l'été. Sans doute un entraînement intensif au Vietnam, quelque chose de radical, parce qu'il se déplace comme un para en mission suicide. Raton et Thibault trottinent derrière lui comme des nains de jardin. La retraite est pratiquement impossible. Grâce à mon camouflage métaphysique, ils ne m'ont pas encore vu, mais ça ne va pas tarder.

Ils m'ont cherché trop longtemps, ça paraît sur leur visage. Raton et Thibault font la gueule, Lefebvre a son air « si-je-le-trouve-je-le-tue ». Il ne faut pas faire attendre Lefebvre : c'est pire ! Le plus simple, c'est encore de me présenter devant lui chaque matin, d'offrir une petite résistance symbolique pour justifier une humiliation raisonnable qu'il me fera subir par la suite. C'est un jeu, brutal et dangereux, mais encore un jeu.

Raton m'a repéré le premier. Son regard croise le mien juste au moment où la cloche sonne. Remous général. Les élèves vont prendre leur rang devant les professeurs qui attendent près des grandes portes. Moi, je fais comme les autres, pas pressé du tout, je sais n'avoir aucune chance de me rendre quelque part.

Au bout de cinq secondes, Lefebvre me tombe dessus, me colle les épaules sur le mur de briques, et sa grande main crasseuse vient m'encercler la gorge. Bien que je n'offre aucune résistance, il maintient une pression nettement exagérée. La panique commence à monter, Thibault me saisit les couilles et me soulève de terre. La douleur me traverse le corps comme un troupeau de bisons enragés. Lefebvre colle son visage sur le mien et se met à m'écraser le nez dans une étreinte féroce.

— On t'a cherché partout, mon petit Léon. T'as oublié de venir me dire bonjour, ce matin. C'est pas très gentil, t'exagères. Il faut qu'on parle, Léon.

Moi, je suis très, très favorable au dialogue, mais je n'arrive pas à sortir un seul son de ma gorge, à soumettre le moindre sujet de conversation intéressant, ou à trouver un truc simple pour briser la glace avant de rompre moi-même les amarres et de déménager vers un monde meilleur.

Je commence à envisager sérieusement cette possibilité quand Lefebvre desserre son étreinte dans un sursaut d'humanité inattendu. Je peux enfin respirer. Raton encourage son camarade Thibault :

— Tiens-lui bien les grelots. S'il bouge, tu écrases.

Thibault était devenu expert dans le maniement des testicules. Son père l'avait entraîné dès son plus jeune âge.

— J'ai de grands projets pour toi, Léon.

— Oh, moi, tu sais, ces temps-ci, je vis au jour le jour.

Lefebvre me donne un coup de coude dans le ventre : Raton n'a plus qu'à me pousser avec le petit doigt pour que je tombe par terre.

La douleur enveloppe tout : la cour, le bleu du ciel, le soleil de septembre. Aplati par terre, la joue collée contre le pavé chaud, la douleur est bien réelle. Pourtant, en marge de ma souffrance physique, il y a une partie de moi qui regarde tranquillement la progression de deux fourmis ouvrières qui traînent un morceau de chips en direction du zénith. Je les observe en pensant qu'il me faudra bien du courage pour oser parler à Clarence.

Les souliers marron du surveillant général viennent gâcher le paysage. La récréation est terminée.

Chapitre 6

« Alice… court… avec… René… »

Madame Chavagnac, la prof, a un accent savoureux, genre Marseille. Avant de commencer la dictée, elle nous lit un passage de *Robinson Crusoé*. Derrière sa voix, on entend couler les cascades, chanter les oiseaux, on sent l'odeur de la mer et le parfum des magnolias. Par contre, la dictée « Alice court avec René » ne sent rien du tout.

Au début, j'écris un immense *A*, à gauche de la page, comme si je commençais *Guerre et Paix* ou *Le Livre de la jungle*. Il est joli mon grand *A*, une belle majuscule avec fioritures, un métronome en tenue de soirée. Ensuite, j'écris *genoux, cailloux, bijoux, hiboux*, et puis *choux*. Je fais un effort, je sors des mots très avancés qui prennent au pluriel, je crois l'avoir déjà dit, un *x* à la fin. Madame Chavagnac comprendra que, pour moi, il n'est pas utile d'écrire « Alice court avec René ». Mieux vaut qu'elle se concentre sur les cas difficiles comme Thibault, qui a l'intelligence d'une machine à laver. Moi, je m'intéresserai à la grammaire quand on sera arrivé à mon niveau. Pour le moment, je m'autodispense, d'autant plus que j'ai un besoin urgent de réfléchir à la situation.

Au début de la journée, j'ai résolu de tenir le coup au moins une semaine dans cette école : c'est symbolique. On pourra pas dire que j'ai pas essayé. Ensuite, je ferai quelque chose de grave, genre mettre le feu à la bibliothèque : je serai renvoyé sur-le-champ. J'oublierai cette mascarade, un point c'est tout. Raton, Thibault, Lefebvre, Paco Rabanne, le sonneur de cloches, la grosse fille toute rouge qui rit tout le temps : oubliés, balayés, anéantis, je rentrerai à la maison.

Seulement, il y a quelque chose de changé : Clarence est de nouveau parmi moi, elle s'est réinjectée dans mes veines. Je sens la drogue monter comme les crues de la mer Rouge, un déferlement qui inonde des vallées entières, un déluge, une catastrophe naturelle, une oscillation dans l'équilibre des masses. Je ne peux pas partir, pas plus que rester. Je me trouve dans une position de déséquilibre complet.

Je relève la tête pour regarder les élèves de la classe, penchés sur leur dictée, et je me demande pourquoi ma vie est si compliquée, pourquoi je ne suis pas en train d'écrire comme les autres. Pourquoi Alice court-elle avec René ? Et ils vont où exactement ? C'est flou. J'aime pas les choses floues.

Une chose est sûre : si je veux Clarence, il faut régler le problème du trio infernal. Il n'est pas envisageable que je puisse évoluer dans cette école et reconquérir mon amour avec ces trois imbéciles au cul. Une solution radicale et définitive s'impose.

Je réfléchis longuement au problème pendant qu'Alice court avec René. La seule conclusion un peu valable de cette méditation, c'est d'exterminer Lefebvre, l'effacer, le pulvériser. Je n'ai aucun problème à visualiser Lefebvre explosé au plastique dans le milieu de la cour, avec le sang et les tripes qui volent partout. Je m'en fous complètement et ne m'attends à aucun traumatisme irréparable. Mais je ne possède aucun explosif, pas même une grenade. La seule façon d'éliminer Lefebvre, c'est le couteau à rosbif de mon père, ustensile de première qualité, en acier inoxydable, importé d'Allemagne, qui peut couper un bœuf en tranches fines pour la fondue chinoise.

Si faire exploser Lefebvre à distance est une chose, lui rentrer un couteau dans le bide en est une autre. Je ne suis pas boucher, il faut l'admettre. C'est pas dans mon champ de compétences. La frappe aérienne ou le missile téléguidé, je n'ai rien contre. Le doigt de Dieu venant d'en haut pour châtier le malfrat, c'est propre, on n'a même pas besoin de s'en laver les mains. L'armée américaine a compris cela depuis longtemps.

Madame Chavagnac désigne la grosse fille toute rouge qui rit tout le temps pour ramasser les copies de la dictée. La prof inscrit alors au tableau un problème de mathématiques. Évidemment, je ne comprends rien. Elle se lance dans une longue explication avec son accent mignon qui donne envie de manger des fruits de mer. Il est question de la puissance dix. Première nouvelle ! Il semble que dix ait une puissance propre à lui seul qui le rende supérieur aux autres chiffres, supérieur à douze, à vingt ou même à quatre-vingts. Dix a le pouvoir de projeter son ego pour aller renforcer celui des autres. « Je suis trente-cinq, mais avec la puissance dix qui m'accompagne, je vous écrase de mon nombre supérieur. » Très intéressant. Je me pencherai sur la question un jour, quand j'aurai des loisirs.

Pour le moment, le grand problème à résoudre, c'est Lefebvre à la puissance dix. Je cumule les scénarios d'assassinat, tous très violents et qui comprennent une quantité de risques extraordinaire.

Je n'ai pratiquement rien tué de ma vie. Quelques grenouilles, des fourmis, des vers de terre, un poisson rouge, et encore. Je ne suis même pas sûr qu'il soit mort puisque je l'ai jeté dans les toilettes et que peut-être il a pu remonter les égouts jusqu'au lac Champlain. Je n'ai aucune preuve du contraire. À la maison, il m'arrive de passer une demi-heure à tuer des mouches avec le torchon à vaisselle. Elles ont toutes les chances de s'en tirer parce qu'il est très difficile de tuer des mouches au torchon à vaisselle. J'ai aussi tué le hamster de ma sœur, par erreur. Il s'était endormi dans la poche de mon jean que j'avais flanqué dans la machine à laver. Il a fait la moitié du cycle avant que je me rende compte de sa disparition, le pauvre. Il est mort noyé en pleine confusion. À part ça, je n'ai rien tué du tout.

Si je veux tuer Lefebvre, il faut d'abord que je m'entraîne sur plus petit, comme une poule ou un canard, mais je manque d'enthousiasme. Il va pourtant falloir trouver une solution.

Le soir, je me retrouve assis à côté de ma sœur Marguerite sur la banquette au fond de l'autobus. Je suis épuisé. Pour une première journée d'école, à ce rythme-là, je tiendrai pas la semaine. Pendant la première partie du trajet, ma sœur et moi on se dit pas un mot, on se regarde pas non plus ; on aimerait bien être des orphelins et que dehors ce soit la guerre de Cent Ans.

Chapitre 7

J'ai trouvé une solution pour le trio infernal.

Il sait grimper au mât jusqu'au drapeau sans effort apparent. Son corps est une machine parfaite, pas une once de graisse, de longs muscles de nageur, un être gracieux d'une force surprenante. Dans ses yeux brille la douceur sauvage du félin qui se prélasse à l'ombre des fougères.

Je m'approche tranquillement, je n'ai pas peur de lui parce qu'il est trop vieux, je veux dire qu'il a au moins dix-neuf ans, un grand de douzième qui fait le cours de mécanique. Il est occupé à nettoyer les bougies de sa moto, une Triumph 650 CC Bonneville, 1961. À cette époque, Harley n'avait aucune suprématie. Pour être cool, on avait le choix entre BSA, Norton, Triumph, et bien sûr, Harley Davidson. Mais cette dernière n'était pas un impératif.

— Ça vous dérange, si je regarde votre moto ? que je lui dis en lui tendant une poignée de *peanuts* que je viens d'acheter à la salle de bowling. Il prend toute la poignée, la divise en deux, et m'en rend la moitié.

— Tu peux regarder ma moto tant que tu veux, mais ne touche à rien.

Alors, je regarde la moto tant que je peux, en mangeant ma part de *peanuts* et en ne touchant strictement à rien.

— Je m'appelle Léon Doré.

Il nettoie sa bougie au papier d'émeri et se fout complètement de savoir comment je m'appelle.

— Je suis à l'école Saint-Matthieu, moi aussi

La phrase reste en suspens pendant une heure de cuisson à feu doux. Il ne s'agit même pas d'un malaise, plutôt une suspension d'audience. On vous garde au chaud, la réponse viendra quand tu poseras une vraie question.

Son nom, c'est Étienne Richard Adam, mais tout le monde l'appelle Flash, parce qu'il éblouit, je suppose. Quand il avait dix-neuf ans, sa légende s'était faite d'elle-même, sans qu'il ait eu à s'en occuper. Peut-être en partie parce qu'il est d'une beauté déraisonnablement mélancolique. Sans vraiment s'en rendre compte, il séduit tout ce qui bouge : femmes, hommes, enfants, vieillards, bêtes. Rien ne lui résiste.

Accroché aux poignées Brando de sa moto, son blouson de cuir à franges décoré de l'insigne des Vampires de Belœil, gang de motards du coin, petite organisation criminelle qui fait le trafic de la drogue pour répondre aux besoins de la jeunesse dorée de la Rive-Sud. Hachisch, cannabis, mescaline, acide, cristal et cocaïne… Stupéfiants, mais de première qualité.

Ma sœur, qui est follement amoureuse de lui, m'a raconté que, huit mois plus tôt, Flash s'était fait arrêter par la police en possession de deux kilos de hachisch. Le juge, lui aussi subjugué par son charme, lui a donné le choix entre cinq mois de prison et une probation de dix-huit mois pendant laquelle il devrait terminer sa douzième année. Flash aurait cent fois préféré la tôle, c'est beaucoup plus instructif et ça permet des rencontres déterminantes pour un plan de carrière. Mais, devant le chagrin de sa mère, il s'est résigné à l'école. Une année de perdue. Alors qu'il aurait pu rentrer directement à l'université des criminels.

— J'aurais une affaire à vous proposer, que je finis par dire, sans grande conviction.

Pour la première fois, il me regarde dans les yeux.

— Il est absolument impossible que ton affaire, comme tu dis, ait une chance sur un milliard de m'intéresser. C'est pour te dire à quel point tu perds ton temps. Va jouer plus loin !

— C'est une question de vie ou de mort, monsieur Flash. Alors, même si j'ai seulement une chance sur un milliard, autant la prendre.

— Dis toujours, mais ne m'appelle plus monsieur Flash, mon nom c'est Flash tout court.

Je me lance donc dans une reconstitution de mon histoire avec le trio infernal et comment j'en suis venu à la seule solution possible : occire Lefebvre à coup de couteau à rosbif, peu importe les conséquences. Flash écoute sans m'interrompre tout en nettoyant le filtre de son carburateur.

— Qu'est-ce que tu attends de moi ?

— Si c'est possible, j'aimerais que vous pétiez la gueule à Lefebvre pour le convaincre de me lâcher la grappe de façon permanente. Sinon, il va falloir que je le tue et ça pourrait gâcher mon adolescence.

— Je croyais qu'ils étaient trois ?

— Les deux autres, j'en fais mon affaire. Lefebvre, c'est pas possible, il est trop grand, trop fort pour moi.

Une fois encore, le jeune homme me regarde. Dans ses yeux passe une lueur de félin, un éclair tranquille, quelque chose d'à la fois cruel et légitime.

— Ça va te coûter quarante dollars. Je sais que c'est cher pour un jeunot comme toi, mais c'est du garanti. Lefebvre va te foutre une paix royale et du même coup tous les autres morveux dans son genre. C'est une bonne affaire.

— Je trouve ça très raisonnable comme prix.

J'étais sincère comme il ne pouvait même pas se l'imaginer.

— Demain, j'aurai l'argent.

— Et tu le prendras où, cet argent ?

— Je ne sais pas encore. Quarante dollars, ce n'est rien que deux billets de vingt mis ensemble. Et alors ça fait quarante dollars.

— Une façon de voir les choses, conclut Flash.

C'est alors qu'il fait un geste qui me surprend

énormément, parce que ça ne m'est jamais arrivé dans toute ma vie : il me tend la main. Je fais semblant de rien et je tends la mienne. Je sens alors une intense satisfaction, presque une délivrance. La vie me gracie, je viens d'acheter l'espoir et c'est une bonne affaire, nous le savons tous les deux.

— Et Lefebvre, comment allez-vous le reconnaître ?

Je demande ça négligemment, comme si ça n'avait pas d'importance.

Même pas nécessaire qu'il me réponde.

— T'en fais plus pour Lefebvre, c'est mon problème.

Flash enjambe sa moto, tourne la clef de contact et donne un vigoureux coup de *crinque* à la Bonneville. Le moteur démarre au deuxième essai et tourne nickel d'un ronron bien britannique. Comme c'est très rare avec les mécaniques anglaises, il y a matière à réjouissance. Flash est resplendissant et moi je me mets à resplendir avec lui. Ensemble, on écoute l'extraordinaire complexité de la machine saxonne. Un de ces moments privilégiés, le vrombissement qui rapproche les hommes. On devient plus que des amis, on devient des camarades. Puis, il disparaît dans la rue Brodeur.

Chapitre 8

Au fond de moi, je sais. Parmi tous les pièges, tous les mensonges, tous les chemins tortueux que j'utilise pour survivre à l'école, il y en a un qui est plus périlleux que tous les autres : mon amour, ma passion, mon obsession délirante pour Clarence. Elle est la douce clairière lumineuse entre la raison et la folie. Le plus grave, c'est que cette chose déjà monstrueuse a tendance à grossir chaque fois que je vois Clarence, produisant des ondes de choc considérables, à un point tel qu'il m'est impossible de mesurer leurs répercussions. Je suis encore trop petit pour me promener librement avec un sentiment aussi énorme en ma possession. C'est illégal, proscrit, tolérance zéro.

Ma première semaine à l'école a été tellement intense que j'ai l'impression que les autres autour de moi vivent en permanence au Club Méditerranée :

existences insouciantes, pas compliquées. « Haut les mains ! Donne-moi tes billes, c'est tout inclus ! » Une partie de plaisir, tout le monde joue au ballon avec René. Tandis que moi, je sors d'une semaine épuisante.

D'abord, il a fallu voler quarante dollars. C'est la seule chose de la semaine qui se soit révélée d'une simplicité déconcertante. Ma première idée avait été de jeter un coup d'œil dans la chambre de mon père, mais c'était trop risqué. Papa planque son fric à des endroits tout à fait déconcertants. Quand je finis par trouver le magot, après de longues minutes, voire des quarts d'heure interminables, où le risque du flagrant délit croît à vue d'œil, créant un affolement au bord du délire tellement le danger est énorme, tellement les conséquences sont impensables, quand finalement le moment est venu de prendre l'argent, ça me jette dans une angoisse tellement glaciale que je me mets à courir, comme si je venais de voir une créature de l'enfer dissimulée dans le portefeuille de mon père et qu'elle allait m'arracher la main. Faire les poches à papa, ça provoque du surmenage !

Maman est revenue vivre avec nous à la maison après une punition de dix-huit mois en Grèce, où elle a failli mourir de souffrance d'être aussi injustement séparée de ses enfants. Même Mykonos, Poros et la Crète lui sont devenus insupportables… Elle a décidé de renégocier son retour. Papa a donc fait construire une rallonge à la maison : un studio tout équipé, avec sa propre entrée, sa propre terrasse, plus cuisinette et salle de bain. Cette pièce est vite devenue l'endroit préféré de toute la famille, sauf de mon père qui n'y met pratiquement jamais les pieds. Quand ma mère est revenue s'installer dans cette pièce, j'ai compris qu'elle ne repartirait plus jamais. J'ai éprouvé un immense soulagement qui noie en partie le chagrin du passé. Mais il reste une blessure, un éperon qui jaillit du paysage, malgré le calme apparent.

Dans cette pièce, il y a un énorme panier d'osier surmonté d'un grand miroir avec toujours moi dedans, qui regarde tout ce qui se passe. Sur le dessus du panier, le sac à main en cuir marron de ma mère. Toujours là. Quand elle nous demande d'aller chercher son sac, on sait qu'il est là, sur la malle en osier, en face du grand miroir.

Une fois tout le monde à table pour le déjeuner, je suis allé dans la chambre, j'ai ouvert le sac à main et pris deux billets de vingt dollars que j'ai glissés directement dans mon caleçon. Toute l'opération a pris environ quatre secondes. Puis je suis allé finir mon jus de carotte obligatoire. Ni vu ni connu, aucun stress. À se demander si ça s'est vraiment passé. Une telle banalité, une telle insignifiance. Comment puis-je prévoir à cet instant, ou même avoir le moindre soupçon, que je viens, en quatre secondes deux dixièmes, de mettre la main dans ce qui va devenir le plus grand piège de ma vie ?

Non pas que je sois devenu un voleur. Si ce n'était que ça ! Le piège dans lequel je viens de tomber n'a rien à voir avec le vol, il dépasse les notions de bien et de mal. C'est quelque chose qui se trouve au-delà de la raison.

Le mercredi matin, je n'ai toujours pas revu Lefebvre. Tout de même, il a fallu que je me pète la gueule avec Raton pour mettre les choses au clair. Comme nous sommes à peu près de force égale, ça n'en finissait plus. Le surveillant est venu nous séparer. Alors, on a remis ça à l'heure du lunch. Finalement, on a pu conclure parce que Raton s'est cogné la tête contre un lavabo sans que j'y sois pour quelque chose. Le sang s'est mis à pisser. Le surveillant est venu. Tout le monde a confirmé que Raton avait glissé. On lui a fait trois points de suture.

Le jeudi matin, Madame Chavagnac a décidé de se pencher sur mon cas. Elle a sa voix charmante de Fanny qui vend ses crustacés dans le port de Marseille. Elle fait quand même monter la pression.

— Écoute, Léon. Dans ta dernière dictée, j'ai bien remarqué que tu as parfaitement compris qu'au pluriel *genou, bijou, caillou* prennent un *x* à la fin, mais ce n'était pas le sujet de la dictée.

— C'est-à-dire que je n'arrive pas à m'imaginer qu'Alice est une fille et René un garçon. Mon chanteur préféré, il s'appelle Alice, et puis c'est un garçon. Alors, vous comprenez, ça me bloque, madame Chavagnac, ça porte à confusion. En plus, ils n'arrêtent pas de courir après un ballon. Vous croyez qu'ils sont normaux?

Nous savons tous que la patience d'une maîtresse d'école a ses limites. Et, sans m'en rendre compte, je sens que je vais dépasser les bornes si je continue à me foutre de sa gueule, mais je ne vois rien d'autre à dire.

— Ce sont des noms mixtes qui peuvent être

attribués à un garçon ou à une fille. C'est pareil pour René; il suffit d'y ajouter un *e* muet et ça devient un nom de fille, tu comprends?

— Pourquoi les filles ont droit à un *e* muet et pas nous, les garçons?

— C'est pour différencier le masculin du féminin.

— Vous trouvez ça féminin un *e*? Surtout qu'il est muet! Pourquoi pas un *w* ou un *z*? Vous comprenez, madame Chavagnac, c'est pas logique. Le féminin n'a pas la parole. C'est de la discrimination. Un *e* muet qui n'a rien à dire. Je n'ai pas besoin d'un *e* pour reconnaître un gars d'une fille, madame Chavagnac.

Je ne sais plus ce que je dis, je patauge.

— Écoute Léon, il y a trente et un élèves dans cette classe, je n'ai pas le temps de discuter. Une chose est certaine, il faudra que tu t'y mettes. Tu dois écrire, Léon, sinon tu n'apprendras jamais rien.

Madame Chavagnac est retournée se mettre en orbite autour de son bureau pour surveiller son univers. L'atmosphère s'est retirée. Il ne reste de la classe que son espace vide. Ah! Si seulement je pouvais laisser glisser la main sur le papier et que les mots s'écrivent, que l'encre coule comme les grandes eaux de la mousson, abreuvant la moindre parcelle de terre blanche assoiffée. Qu'il y ait pour une fois autre chose que les larmes pour noyer l'ignorance. Mais comment dire? Je n'ai pas l'esprit académique. Et en plus, je suis obsédé par mon imposture, obsédé par Clarence, qu'il faut aimer absolument, obsédé par la violence, la douleur et le sang. L'école tout entière semble réclamer un sacrifice. Je ne veux pas répandre de rumeur, mais je sens dans ces murs quelque chose d'inassouvi.

Avec Madame Chavagnac, je ne pourrai pas me défiler *ad vitam aeternam*. Un jour ou l'autre, elle se rendra compte que je suis dix fois plus en retard qu'elle ne peut se l'imaginer dans ses rêves les plus fous. Pour le moment, elle hésite encore à admettre que je ne sais strictement rien. Mais ça viendra.

À quatre heures, je vais au bowling pour payer Flash. Sans nouvelle de Lefebvre, j'en conclus que l'affaire est réglée. Les deux billets de vingt dollars sont humides parce qu'ils ont passé deux jours dans mon caleçon. Flash les prend du bout des doigts, puis les ajoute à son gros rouleau de billets de banque, maintenus ensemble par un élastique rouge, comme ceux qui servent à bloquer les pinces de homard. Je n'ai jamais vu autant d'argent, j'en suis tout bouleversé.

— C'est juste du fric, crétin. T'imagines pas que tu peux aller chier tellement plus loin que le coin de la rue avec ça.

Flash range l'argent dans sa veste.

— N'oublie jamais… Quand tu vois un mec qui te sort un rouleau de pognon sous le nez et qu'il l'agite comme un éventail, exactement comme je viens de le faire, n'oublie jamais qu'il s'agit d'un imbécile. En ce qui concerne Levebvre, n'y pense plus, l'affaire est réglée.

C'était pas plus compliqué, pour une fois que les choses se passent normalement, pour une fois qu'une action engendre un effet immédiat, personnellement moi dans la vie, je n'en demande pas plus, ça marche, ça roule, tout baigne. Quand Flash dit l'affaire est réglée, l'affaire est complètement réglé, terminée, envolée, disparue. Je peux me permettre en toute tranquillité l'un des rares privilèges de la vie. Je peux commencer à oublier.

Chapitre 9

Depuis que la menace du trio infernal a disparu, disons que, sans vraiment perdre le côté misanthrope de ma personnalité, je commence à prendre mes aises, à me décontracter. Seulement, les longues heures passées dans la classe me sont de plus en plus insupportables.

Dans un premier temps, j'essaie de tenir le coup. Je m'efforce, avec une concentration phénoménale, de ne rien entendre, de ne rien voir, de ne rien apprendre. Je m'accroche à des rêves flamboyants où je sauve Clarence des pires dangers, faisant preuve d'un courage absolument extraordinaire, avec des ramifications de grandeur d'âme pratiquement sanctifiée.

Chaque jour, pendant qu'Alice et René mènent une vie de plus en plus incompréhensible, pendant que la puissance dix se multiplie à l'infini, je poursuis toujours plus loin mes aventures avec Clarence, j'améliore sans cesse les moindres détails du récit jusqu'à des apothéoses qui changent la face du monde, et dans lesquelles je finis horriblement blessé, à peu près vidé de mon sang mais toujours vainqueur. Je peux mourir en paix avec l'éternel amour de Clarence qui, devant un tel courage, une telle abnégation, ne peut rien faire d'autre que de m'aimer passionnément. Tous les jours, pendant qu'Alice court avec René sans moi, Clarence serait mille fois morte, noyée, assassinée, violée, étranglée, assoiffée, aveugle, mutilée, décapitée, torturée, électrocutée et brûlée vive. Bref, je lui sauve la vie au quart d'heure.

À la fin de mon scénario, quand tout est réglé et que la cloche de la récré va bientôt sonner, Clarence a un arrêt cardiaque. Ça relance l'intrigue pour la dernière droite. On l'emmène d'urgence à l'hôpital. Je m'arrange pour la suivre, même si tout le monde veut m'en empêcher. Dans l'ambulance, consterné par l'inefficacité des infirmiers, je branche moi-même le défibrillateur. À l'hôpital, le médecin de garde me félicite de mon initiative. Comme toujours, si elle s'en sort, c'est grâce à moi. Le docteur jette un regard sévère sur les deux imbéciles d'infirmiers.

Mais, après un examen rapide, le médecin décide de la brancher sur une machine pour la maintenir en vie artificiellement. Son cœur a lâché. Clarence est foutue. Désespérés, le docteur et moi passons une partie de la nuit au téléphone à la recherche d'un donneur d'organes, quelque part dans le monde.

Vers deux heures du matin, on a un espoir du côté de la Colombie. Bogotá, accident de voiture, une fillette de neuf ans, le cœur intact : ça coûte dix mille dollars. Bien entendu, ce n'est pas une question d'argent. Seulement, le docteur et moi, on trouve ça un peu louche.

On n'a pas besoin d'en discuter longtemps : à deux heures trente et une du matin, je fais moi-même, personnellement, une rupture d'anévrisme. Dans un dernier moment de lucidité, avant de perdre connaissance, je dis au docteur de donner mon cœur à Clarence. C'est alors que je m'écroule sur le *boukhara* du bureau : je viens de claquer une valve et le sang se propage dans mon cerveau. Le docteur, avec le consentement des parents, décide d'opérer immédiatement pour mettre toutes les chances de son côté.

Je m'arrange toujours pour que l'histoire finisse juste juste avant que la cloche sonne. Clarence regarde le soleil se lever à travers les saules pleureurs du jardin de l'hôpital, elle est assise sur une chaise en osier, mon cœur battant dans son corps. Je ne peux être plus à elle : nulle part au monde, jamais il n'y aura une aussi grande preuve d'amour. La grande aiguille de l'horloge vient se placer sur le douze et la cloche sonne et il faut se précipiter vers la sortie comme des hystériques, c'est la coutume.

Au bout de deux semaines, où je n'arrête pas de machiner le scénario jusqu'à des limites pratiquement inconcevables pour un être humain ordinaire, je finis tout de même par me lasser de mon histoire. Même les moments les plus douloureux avec Clarence n'arrivent plus à m'émouvoir. J'ai revu les scènes mille fois, une à une, mais ce conte fantastique de l'amour inégalé s'épuise de lui-même. Je pense à *Ben Hur*, longtemps mon film préféré. On finit par voir des montres aux poignets des Romains et des traces de jeep dans le désert. Par d'infimes détails, la réalité vient anéantir le rêve. Quand le monde moderne s'impose là où il ne devrait pas, ça fout tout en l'air. Même au cinéma, ça ne devrait jamais arriver.

C'est à ce moment-là que je commence, avec des débuts tranquilles, subtils, mais toujours progressifs, à devenir franchement insupportable. Moi qui ai tout fait pour me faire oublier, pour disparaître dans les moulures et me dissoudre dans les coins sombres ; moi qui ai compris qu'il n'est pas nécessaire de mourir pour devenir poussière et qu'il est très facile de se réduire en miettes pour faire un petit tas derrière une porte ; moi qui en oublie le son de ma propre voix, avec ses milliers de modulations, ses cris d'alarme, ses hurlements de rage, ses rires aux anges, ses éclats de joie. Si j'avais su qui j'étais, ça aurait été un excellent moment pour redevenir moi-même.

Madame Chavagnac, qui m'a d'abord placé dans les premiers rangs, me refoule progressivement vers le fond de la classe, au fur et à mesure que ma nouvelle personnalité insupportable se développe. Elle ne sait pas encore que, même si le fond de la classe se trouvait de l'autre côté de la frontière américaine, ça ne suffirait pas à effacer ma présence. Inutile de la mettre au courant.

Au bout de trois jours, je me retrouve à côté de

Thibault, au dernier rang. Quand je veux me balancer sur ma chaise pour me détendre un peu, et que le dossier heurte le mur du fond, je comprends tout de suite que la classe est devenue trop petite pour moi. On m'a mis au pied du mur.

La première semaine, pour me distraire, je martyrise un peu Thibault, mais je n'ai pas de réelle disposition pour le harcèlement. Je pourrais considérer qu'il s'agit d'une vengeance légitime, mais l'incroyable bêtise de Thibault anéantit toute forme de responsabilité de sa part. Un parfait imbécile.

Au début, je lui donne de temps en temps une claque derrière la tête au passage pour ne pas trop le désorienter. Mais je me fous de Thibault, et avec lui d'une importante portion de l'humanité.

En réalité, Madame Chavagnac n'a pas vraiment le choix : elle doit m'endurer. La loi est claire : les enfants doivent aller à l'école jusqu'à l'âge de seize ans. Il faut des raisons extrêmement sérieuses pour mettre un élève à la porte. Surtout quand il y a des parents comme les miens qui sautent en l'air et font des pirouettes hystériques au moindre soupçon d'injustice. Par contre, si Madame Chavagnac connaissait mon véritable niveau scolaire, elle me rétrograderait sur-le-champ dans une classe de deuxième.

Au fond, elle m'aime bien. Avec moi, elle est d'une douceur exquise, d'une gentillesse d'ange. Ses yeux pétillent d'amour et de compassion. Le problème, c'est qu'elle ne comprend pas du tout ce qui se passe en moi. Et je partage son ignorance.

Mon aura, qui jusqu'à maintenant s'était réduite d'elle-même pour finir par coller au fond de la poêle, reprend du poil de la bête. Autour de moi et venant de moi, le vacarme et la tempête qui règnent à l'intérieur de mon cerveau fuient de tous côtés et se répandent dans la classe. Ce sont des cric, des crac, des pif, des paf, des drelin-drelin, des toc, des tac et des flonflons. Ça vient de mon bureau, de ma chaise, de mon cartable… Tout ce que je fais se transforme en bruits et en craquements divers. Ma bouche bourdonne de sons étranges : je roucoule, glapis, beugle, hulule… Parfois, je fais dans la flatulence, le rot, le reniflement, le glouglou, le hoquet, le borborygme. Je n'ai plus aucun contrôle, terrorisé par ma propre audace, par ce sans-gêne qui ne colle pas du tout avec ma personnalité profonde. La honte de moi prend des proportions de barrage sur le Pacifique et le pied du mur me botte le cul jusqu'au fond des entrailles. Il faut dégager le secteur avant qu'il y ait rupture d'anévrisme pour de vrai.

Je commence à me jucher sur les calorifères, les rebords de fenêtres et même sur le dessus de la grande armoire où Madame Chavagnac range son imperméable bleu marine et le joli chapeau de paille qui lui donne l'air d'un brin de causette sous l'ombrelle. On me laisse faire à peu près tout ce que je veux.

Au bout d'une semaine, il y a, entre le professeur et moi, une sorte d'entente tacite, somme toute assez simple : il me suffit de demander haut et clair l'autorisation d'aller pisser, et je peux disparaître pendant des heures sans aucun risque de représailles. C'est le début d'une ère nouvelle, ainsi que les premières indications d'un glissement de terrain formidable dans lequel vont disparaître, sous d'énormes coulées de boue, trois villages et un archipel, au bas mot.

Au hasard de mes interminables sorties de classe, en déambulant dans les couloirs de l'école, il m'arrive de rencontrer le sonneur de cloches, occupé à réparer une porte vandalisée ou à laver un plancher. Bien qu'il s'agisse d'un adulte, et donc d'une sorte d'ennemi numéro un, et qu'en général je préfère éviter tout contact avec les belligérants, quelque chose m'attire chez cet homme. Aussi, un peu malgré moi, sans que je comprenne pourquoi, nous sommes devenus amis. Il continue à représenter une menace, mais, disons, pas trop imminente. Nous respectons une trêve.

Il s'appelle Alphonse Niocha. Né à Naples, il parle de son pays comme d'un lointain État américain. Tout le monde l'appelle Al. Moi, je l'appelle Phonse, parce que le grand problème d'Alphonse, c'est qu'il n'a jamais foncé nulle part. À force d'accumuler les petits travaux pour en faire un grand, comme il dit, il est resté sur place à réparer des portes défoncées par d'autres.

— Tu sais, Phonse, que je lui dis un jour en faisant de la franche projection, quand je te vois avec ton immense trousseau de clés qui ouvrent pratiquement toutes les portes de l'école, je me dis que, pour toi, c'est devenu tellement facile de te cacher que tu as peut-être perdu le goût à la vie. C'est ce qui se passe quand on connaît toutes les cachettes.

Il me regarde avec altitude, comme s'il me voyait depuis la nacelle d'une montgolfière.

— Il ne me sert plus à rien de me cacher. Avec le temps, je suis devenu pratiquement invisible. Si nous sommes un peu des amis toi et moi, Léon, c'est qu'il t'arrive encore de me voir de temps en temps. Et je suis bien content de nos petites conversations. Mais je te le dis, toutes les clefs de mon trousseau ne te serviraient à rien pour te cacher. Ce qui t'intéresse, Léon, ce n'est pas d'être seul, mais c'est d'être isolé au milieu des autres. Il y a quelque chose chez toi qui a besoin des autres. Tu n'arrives pas à t'échapper complètement, il te faut garder un lien, sinon tu pètes les plombs.

— Écoute, Phonse, arrête un peu ta nacelle, tire sur la bride parce que je ne comprends rien à tes histoires.

Je ne sais pas si c'est parce qu'il a finalement lâché sa serpillière pour faire du lest, mais j'ai l'impression qu'il redescend sur terre. Arrivé à ma hauteur, il me tend son trousseau de clés.

— Puisque tu n'as visiblement pas l'intention de retourner en classe cet après-midi, autant te rendre utile. Vas me chercher une ampoule neuve de 100 watts à la réserve du deuxième étage. Si quelqu'un te demande quelque chose, tu dis que c'est Al qui t'a donné la permission.

Pour me rendre heureux, il n'y a rien comme une balade autorisée, une mission de confiance avec en main les clefs de Phonse, qui ouvrent toutes les portes de l'école ou presque. Au fond, le sacristain concierge ne prend pas un énorme risque parce qu'il n'y a pas de passe-partout. Pour ouvrir une porte, il faut savoir exactement quelle clef prendre, et le trousseau de Phonse compte au moins quatre-vingt-dix clefs différentes. Bien entendu, chaque clef est identifiée par une étiquette, mais comme je ne sais pas lire, ça ne change rien. Autant pour moi que pour Phonse, la confiance règne parce qu'elle est obligatoire.

Par exemple, j'aurais bien aimé visiter le laboratoire de chimie. Secrètement, bien entendu. J'ai fait une tentative. Au bout du cinquième essai, j'ai compris que je pouvais passer facilement deux heures devant la porte sans trouver la bonne clef. Tant qu'à faire, si je veux absolument entrer quelque part, il y a rien de mieux que la pince monseigneur, un instrument qui m'a rendu jadis d'immenses services. Mais tout cela, c'est de l'histoire ancienne.

Chapitre 10

À la maison, mon larcin de quarante dollars passe complètement inaperçu. Je n'ai rien entendu, pas même la rumeur d'une allusion sur le sujet. Flottant dans la tiédeur de l'impunité, j'éprouve une sorte d'irritation, un malaise. Quarante dollars, c'était tout de même une somme considérable. Je n'ose pas entamer les réjouissances trop vite.

Quelque chose me fourmille derrière la tête, une colonie sournoise, cachée entre le cou et la mâchoire, des idées rebelles s'organisant dans l'arrière-pays de ma pensée. Je n'ai pas honte d'avoir volé l'argent. Je n'ai pas honte non plus du marché passé avec Flash. C'était la meilleure solution pour mettre fin à la tyrannie de Lefebvre sans être obligé de lui fracturer la colonne vertébrale ou de lui lobotomiser l'hémisphère gauche.

Vus sous cet angle, quarante dollars, c'est une bonne affaire pour tout le monde. Mais je voudrais que ma mère saute en l'air en criant que la bonne ou le livreur d'épicerie lui ont volé de l'argent. Je pourrais alors essayer de les défendre. Toujours, elle commence par accuser les étrangers pour protéger son alentour immédiat. La faute appartient d'abord à la bêtise et à l'insignifiance. Pour ma mère, ces deux crimes sont extrêmement répandus dans le vaste monde, et le nombre de victimes augmente tous les jours.

Donc, ma mère ne dit rien. Je n'ai pas à me dénoncer pour sauver la classe ouvrière. Pourtant, cela me permettrait, du coup, de libérer ma conscience d'un vol qualifié et de mettre derrière moi, une fois pour toutes, les années de violence infligées par le trio infernal. Je cherche une absolution complète et totale, mais le silence de ma mère laisse les choses en suspens. Il y a déjà tant de choses en suspens que je me demande comment ça ne m'est pas encore tombé dessus.

Le mensonge est une chose étrange, une masse qui se déplace en changeant de forme comme une aurore boréale sous la voûte étoilée, reflet voluptueux d'une réalité glaciale, insupportable, fossilisée, mais qui se trouve loin, loin derrière les montagnes, là-bas où l'on ne va jamais. Sauf les grands explorateurs du *National Geographic,* qui n'en reviennent pas toujours.

En fait, peut-être que maman n'a tout simplement rien remarqué. C'est possible. Nous ne sommes pas particulièrement riches mais pas pauvres non plus.

Quarante dollars, c'est une grosse somme à mon niveau primaire de cinquième année, mais en réalité, ce n'est rien d'autre qu'une paire de bas chez Bloomingdale, un après-midi chez le coiffeur, ou une prescription bien chargée à la pharmacie. Il est très possible qu'elle n'ait rien remarqué.

Arrivé à cette conclusion, je décide, dès le lundi matin, de revoler quarante dollars dans le sac à main de ma mère, qui se trouve toujours sur la malle en osier, devant le grand miroir qui regarde se commettre le délit en témoin oculaire : je me vois me voir en flagrant délit, je me dénonce à moi-même ! Je mets les deux billets tout neufs dans mon caleçon et vais manger ma crêpe de sarrasin avec les autres, ni vu ni connu, pas de malaise. À se demander si c'est bien arrivé.

Je me retrouve le matin même au magasin général Chez Pit, devant le comptoir, en train d'acheter deux cents gommes balounes et une douzaine de fudgesicles, il n'y a plus de doute possible : c'est bien arrivé, j'ai encore piqué quarante dollars dans le sac à main de ma mère. J'ai vraiment un problème.

Je n'ai pas d'expérience dans la manière de dépenser de l'argent. Acheter deux cents gommes balounes, ça me vient comme un réflexe, en même temps qu'une sorte d'urgence : le résultat d'une frustration lointaine.

Je suis nerveux. La vendeuse me regarde d'un drôle d'air en comptant deux par deux les gommes balounes, qu'elle fait tomber dans un grand sac de papier brun.

— Tu pourrais pas varier un peu, une négresse

par-ci, un mojo par-là, quelques jujubes, des boules noires, une réglisse, enfin, y'a du choix… Tu vas te décrocher la mâchoire avec toute cette gomme. Et tu vides mon stock!

Je sens qu'il faut se méfier.

— Ça n'a rien à voir, madame. Vous pensez bien que je ne vais pas manger tout ça! On fait une reconstitution historique à l'école, une grande fresque préscolaire sur la Deuxième Guerre mondiale. Les gommes balounes, c'est pour illustrer l'entrée triomphale des soldats américains dans la ville de Paris. On veut recréer l'effet confetti, vous comprenez?

Elle ne comprend rien du tout et je crois qu'elle s'en fout complètement. Quand je lui tends avec fierté mon billet de vingt dollars tout neuf, elle pique une crise.

— En plus, tu veux vider ma caisse! Il est huit heures moins le quart du matin, comment veux-tu que je change un billet de vingt dollars à une heure pareille?

Elle se tourne vers une porte qui se trouve derrière et se met à hurler avec une force qui me décape la rétine du tympan:

— Gaétan, va chercher mon sac à main dans ma chambre et ramène-le ici!

La phrase me terrorise. Tous les sacs à main des mamans du monde se trouvent donc dans leur chambre, probablement sur un panier en osier devant un miroir.

— Si vous voulez, je peux revenir une autre fois… Le spectacle commence juste la semaine prochaine. Pour la répétition d'aujourd'hui, on utilisera des gommes à effacer, c'est sans problème, je vous assure.

Je m'apprête à quitter l'endroit quand je vois atterrir un petit garçon, à peine plus jeune que moi, brandissant comme un ostensoir un vieux sac à main en velours moisi. La femme le lui arrache brusquement.

— Tu n'as pas fouillé dedans, au moins, petit voleur ? Allez, file à l'école !

Elle lui donne une claque derrière la tête et l'enfant disparaît aussi vite qu'il était arrivé. Inutile de dire que si ce garçon volait quarante dollars dans ce sac à main-là, ce serait le peloton d'exécution devant la porte du hangar. Sans discussion.

Au fond, peut-être qu'il a de la chance, le petit morveux, avec sa claque derrière la tête.

Au bout d'un interminable trifouillage, la femme sort de son sac à main crasseux une poignée de billets dégueulasses qu'elle dispose sur le comptoir.

— Ça fait seize dollars et quarante en monnaie. Tu peux compter, tout est là.

Je ne sais pas compter et je regrette seulement de ne pas avoir un élastique de pinces à homard. Je fourre le paquet d'argent dans ma poche, j'attrape la boîte de fudgesicles et le gros sac contenant les deux cents gommes balounes et je décampe du périmètre en quatrième vitesse, gardant un pas de course concentré jusqu'à la rue Melrose qui longe le cimetière.

C'est épuisant, la vie de criminel. On est là, mine

de rien, à faire des emplettes de dernière minute, quand tout se met à prendre des proportions énormes. À se demander s'ils ne vont pas appeler la police ou le directeur de l'école, juste parce qu'on leur présente un billet de banque qui n'est pas crotté et dégoûtant, avec trois milliards de bactéries collées dessus.

Chaque journée apporte avec elle son lot de conséquences inévitables. Logiquement, mon nouveau genre de vie ne peut pas durer bien longtemps. Un jour, bientôt, quelqu'un ou quelque chose viendra mettre fin à cette routine incohérente et révélera au grand jour un beau cas psychiatrique, digne des plus grands chercheurs. On m'enverra à Boston pour me faire électro-encéphalogrammer par le docteur Bruno Bettelheim en personne. Il me montrera des cartons avec des papillons écrasés et je serai guéri.

Je décide d'entrer au cimetière, afin d'entamer ma douzaine de fudgesicles avant qu'ils ne fondent. Pour s'empiffrer, rien de mieux que la sainte paix et la tranquillité d'un cimetière. Machinalement, mes pas me conduisent vers la tombe de Simon Valois qui est mort, écrasé par un camion, l'année de ma naissance. Il avait huit ans. Sa mère Marthe était la meilleure amie de la mienne, elles étaient voisines.

Maman disait toujours qu'elle m'aurait appelé Simon parce qu'elle trouvait ça bien joli comme nom. Mais vu que Simon était mort, on a décidé de m'appeler Léon pour ne pas confusionner davantage son amie Marthe qui, depuis la mort de son fils, avait décidé de faire une excursion dans les montagnes. Elle a pris beaucoup d'altitude. Aujourd'hui, on peut dire qu'elle se tient assez bien sur sa corniche, mais sa tête est restée résolument dans les nuages. J'aime bien Marthe Valois. Je trouve que ceux qui choisissent la douce folie pour lutter contre la douleur font preuve d'une élégance et d'un savoir-vivre parfaitement admirables.

Appuyé contre la pierre tombale qui baigne dans la tendre lumière du matin, je commence à manger ma douzaine de fudgesicles. Chaque fois que j'en finis un, je plante le bâtonnet de bois dans la terre, formant autour de moi une petite clôture qui délimite l'emplacement hypothétique du cercueil, qui doit normalement se trouver six pieds sous terre.

Même si je suis un petit morveux de rien du tout, je trouve que l'humanité a plus d'égards pour les morts que pour les vivants. On commence par leur donner l'extrême-onction qui leur décape l'âme jusqu'au bois d'origine, on leur fait des funérailles avec grandes pompes en cuir verni, on les couche dans des draps de satin, au fond d'un lit tout frais qui n'a servi à personne d'autre, on leur donne un petit lopin de terre bien à eux, avec un sentier fleuri et une pelouse entretenue.

Quand on y pense, bien des gens, ici-bas, sont morts après s'être battus toute leur vie. Pour avoir ce que la mort donne sans qu'on ait besoin de faire le moindre effort. C'est même interdit.

Au dixième fudgesicle, je commence à ressentir

un ralentissement dans mon enthousiasme. Je plante les deux derniers bâtonnets sans même avoir mangé la glace autour.

Il faut aller faire acte de présence à l'école, histoire de montrer mes mauvaises dispositions aux personnes concernées, mais, par-dessus tout, revoir Clarence, et peut-être lui parler.

Je décide de planquer mon sac de gomme baloune dans le caveau de famille des Dupré, derrière la grande statue de saint Antoine. Seuls les Wiseman et les Dupré sont assez riches pour avoir une cabane en granit pour nicher leurs cadavres. J'ai choisi la famille Dupré parce qu'ils sont à peu près tous morts, sauf un, qui est allé mourir à l'étranger. Ils étaient riches mais ils n'avaient pas la santé. Par conséquent, plus personne ne vient jamais faire le ménage ou porter des fleurs dans les environs. Sur le chemin de l'école, à ma grande surprise, je rencontre Alphonse ; j'ai un peu l'impression qu'il m'attendait. On se met à discuter comme si la conversation ne s'était jamais arrêtée. Phonse et moi, on se tient continuellement dans le vif du sujet.

— Tu sais, Phonse, quand on est encore un enfant, chaque fois qu'on meurt, ça nous fait survivre. Un principe obscur que je ne pourrais pas franchement expliquer. Disons que ça comporte des similitudes avec l'idée assez répandue que les chats ont neuf vies et que, par conséquent, un enfant en possède au moins quatre cent quatre-vingt-huit et des poussières.

Phonse reste assez sceptique devant ma théorie.

— Un principe obscur, comme tu dis, qui pousse à prendre des risques inutiles. Avec quatre cent quatre-vingt-huit vies en réserve, on est moins tatillon avec la sécurité. D'autant plus qu'il existe un principe beaucoup moins obscur et tout aussi courant qui dit que la vie, on n'en a qu'une.

— Je m'excuse de te contredire, Phonse, mais le risque est toujours là. La vie, on n'en a qu'une dont on se souvient, mais rien ne prouve qu'il n'y en a pas d'autres, derrière ou devant. Rien ne prouve non plus que nous ne vivons pas la dernière qui nous reste.

— Après la mort, il y a la vie éternelle, un point c'est tout, déclare Phonse pour trancher la question.

— T'en parles comme si c'était une punition.

Chapitre 11

Le mois d'octobre est arrivé comme un voyou qui laisse la porte ouverte. Un vent frais rougit les joues des enfants et les feuilles des arbres. Le soir à quatre heures, on dirait que c'est déjà l'hiver.

Une routine étrange s'installe dans ma vie écolière. Il y a maintenant un univers parallèle qui se rapproche tout doucement et qui prend de l'importance. Il est là tout près, juste à côté. Il suffit de lever la tête pour le voir.

J'arrive à l'école vers huit heures dix. Aussitôt le pied dans la cour de récréation, je me mets à la recherche de Clarence. Elle se tient toujours au même endroit, sous le jeune érable qu'on a planté pour la confédération. Son cousin Rosaire ne la quitte pratiquement jamais d'une semelle. Il est amoureux d'elle, il n'y a pas de secret là-dedans. Sous prétexte qu'il est de la famille, il a le droit de l'embrasser et de lui tenir la main. C'est dégoûtant à voir. Je me souviens d'un été dans les champs de maïs où moi seul avais ce privilège. Aujourd'hui, elle ne veut même plus que je l'approche. Vers huit heures vingt, mon cœur se met à vouloir sortir de mes entrailles pour aller faire des bonds sur le pavé de la cour. Dix minutes de souffrance insupportable tous les matins, c'est comme un exercice de souillure mentale.

À huit heures trente, tout le monde entre en classe. Je laisse le temps à Madame Chavagnac de faire l'appel tranquillement et de commencer son cours en toute quiétude. Le temps qu'elle entre dans son sujet du verbe être au passé composé, quand tout le monde est bien enlisé dans les conjugaisons, je lève la main pour réclamer mon droit fondamental.

Madame Chavagnac sait parfaitement que, si elle ne me laisse pas sortir, je vais devenir insupportable avec des sons bizarres venant de ma bouche, une sorte de présence auditive riche et extrêmement variée, suivie de déplacements étranges le long des calorifères.

Elle sait très bien tout cela et ne fait plus d'histoires pour me laisser sortir.

Seulement, parfois je sens un grand désespoir dans son « Oui, Léon, tu peux y aller ». Et moi, indifférent à son plan de carrière, je fonce hors de la classe comme si je sortais des profondeurs d'une piscine géante pour aller reprendre mon souffle à l'air libre. Je claque la porte derrière moi et respire un bon coup dans le silence des couloirs. Un rescapé de la noyade qui reprend pied au dernier moment. Le silence et la solitude sont l'oxygène et le flux essentiel à ma vie.

Dès que je me trouve dans le couloir, mon esprit se libère, les forces me reviennent, l'imagination remet en marche son incroyable machine. Je deviens l'Homme invisible, Ultraman ou Napoleon Solo à la recherche de Kuryakin en danger de mort. L'intérêt principal de mes escapades réside dans le fait qu'il est absolument interdit de se déplacer dans l'école pendant les cours, sauf pour aller aux toilettes ou bien, muni d'une permission spéciale écrite de la main du professeur, dans le cadre d'une activité parascolaire bien déterminée.

Si on se fait choper, c'est directo chez le principal, avec un carton rouge à faire signer par nos parents. Ensuite on est reconduit *manu militari* à notre classe et c'est la honte.

Moi, personne ne m'a jamais attrapé. C'est impossible, je connais toutes les cachettes, les angles morts, les renfoncements, les oubliettes où l'on ne pense plus à regarder. Un bleu d'architecte est imprimé dans ma tête. Je suis invincible. En quelques secondes, je peux disparaître, rentrer dans les murs.

J'ai deux heures trente devant moi. Il faut que je sois de retour en classe au moins dix minutes avant que la cloche sonne pour le dîner. Ça fait partie de l'entente secrète avec Madame Chavagnac. De cette façon, elle n'est pas obligée d'inscrire une absence sur son rapport puisque je suis là à l'appel et que je sors de classe avec les autres pour le dîner. Tout le monde est content.

Ces heures de totale solitude ne me servent plus à me raconter des histoires à propos de Clarence ou à manigancer des mauvais coups. Pas du tout. Ce temps précieux comme de la poudre d'or m'est devenu indispensable. Je l'emploie principalement à exister, à regarder les choses, à les sortir de leur contexte, de leur fonction.

Je peux passer une heure entière à regarder une tache de rouille sur la tuyauterie de la chaufferie. J'y vois le contour d'une île déserte qui peut devenir un continent ou un fragment lunaire. Je laisse mon imagination suivre son chemin sans lui imposer le moindre désir personnel. J'ai souvent l'impression de faire de grandes découvertes, de trouver des solutions à d'incroyables énigmes. Par exemple, j'ai la certitude qu'il y a très exactement trois mille trois cent vingt-neuf nœuds de bois dans le plancher du gymnase.

Je n'ai aucune aptitude pour les mathématiques. Ce chiffre m'est apparu comme une révélation. J'en ai évidemment parlé à Phonse, puisqu'il est le seul véritablement concerné étant donné que c'est lui, tous les mercredis, qui lave le plancher du gymnase. Et aussi, une fois par mois, c'est encore Phonse qui cire et polit le plancher pour qu'il soit bien brillant. Figurez-vous qu'il les voit souvent, les nœuds de bois. Et quand je lui ai dit qu'il y en avait exactement trois mille trois cents vingt-neuf sur le plancher du gymnase, ça l'a beaucoup soulagé, parce que, bien évidemment, à force, il s'était posé lui-même la question et mine de rien, ça le tracassait sûrement.

Je traverse la cafétéria sans jamais regarder personne, parce que je sais que Clarence va manger chez sa mère tous les midis, sans exception. Je n'ai donc aucune chance de la rencontrer ni même de l'apercevoir. Il y a bien ma sœur Marguerite, mais la pire chose que je pourrais faire dans sa vie serait de venir m'asseoir à sa table. Ma réputation est faite. Dans toute l'école, on m'appelle déjà le « moustique sans ailes », le « cadet de l'espace ». Quand je croise Marguerite dans le couloir, elle change de couleur. Elle devient magenta et lance des regards remplis de flèches comanches empoisonnées au venin de vipère, qui sifflent en disant : « T'es pas mon frère. Dégage le secteur, la Honte ! » Et moi je crie, pour que tout le monde entende : « Salut, Marguerite. T'as mis ton chandail à l'envers. » Non, il n'y a rien pour moi à la cafétéria.

Je traverse la cour de récré jusqu'à la rue. Ensuite je rentre au bowling et Roger, le gérant, me prépare un cheeseburger avec des rondelles d'oignon, que je mange en buvant un coke glacé. C'est de loin pour moi le meilleur moment de la journée, parce que je sais que je n'ai plus à remettre les pieds en classe avant trois heures et demie.

Ma mère n'ayant mis aucun terme à mes cambriolages quotidiens, je continue à puiser systématiquement dans son sac à main des billets de vingt dollars en raison de trois ou quatre par semaine pour maintenir le rythme. Je ne veux pas qu'elle s'inquiète en me voyant brusquement changer d'habitude. Mon rapport à l'argent est devenu délirant. Je ne sais pas où le mettre ni comment le dépenser pour le faire disparaître. Malgré mes efforts, j'accumule de façon alarmante.

Au début, j'utilise le système de Flash avec un gros élastique à homard. Mais la taille du rouleau me terrorise, j'ai l'impression d'avoir braqué un dépanneur. Alors je commence à le diviser, à le mettre dans des poches différentes. J'ai du fric qui sort de partout, en boules, en trognons, plié dans mes chaussettes, dans la doublure de mon manteau, au fond de mon sac d'école. Quand je vais pisser, il n'est pas rare que je retrouve un billet de vingt dollars oublié dans mon caleçon. En plus, vers la fin de la semaine, je me retrouve avec tellement de pièces de monnaie dans les poches que, quand je traverse la cour de l'école, j'ai l'impression de faire autant de bruit qu'un arbre de Noël en pleine crise d'épilepsie. Parfois découragé, ne voyant pas le bout, je vais jeter de gros paquets de vingt-cinq cents, de dix cents et de cinq cents dans la rivière. Après, je me sens mieux. Les billets de banque, je tolère, parce que c'est silencieux et que ça ne mange pas de pain.

J'ai donc tous les jours trois bonnes heures devant moi pour aller faire du shopping et dépenser cet argent qui me brûle les mains et mine mon moral. Il représente la honte de mes péchés. Parfois, je le réunis tout ensemble dans ma cachette au cimetière et je le regarde. C'est un gros paquet épouvantable. Je sens le sol se dérober sous mes pieds. J'entends Dieu et les morts murmurer des reproches, et la voix de Gilbert Bécaud chanter *Qui a volé l'orange du marchand ?*

Chapitre 12

Il est entendu que, quand on est un môme de dix ans, on ne peut pas entrer dans un magasin et dépenser vingt dollars de bonbons à la cenne tous les jours sans se faire remarquer et éventuellement se faire arrêter par les autorités locales. J'ai donc organisé un système de brouillage des pistes en essayant de ne pas toujours me faire voir au même endroit. Il y a dans le périmètre immédiat de l'école six établissements commerciaux dans lesquels on peut logiquement dépenser de l'argent. D'abord, le dépanneur Chez Pit, endroit de prédilection où l'on trouve tous les bonbons à la cenne de la création. Ensuite la pharmacie avec son rayon de jouets, le terminus pour aller manger des pogos et du smoked meat, chez Pigeon pour les pétards à mèche, le Dairy Queen pour les banana split et les cornets trempés au chocolat, la quincaillerie pour les couteaux, canifs et porte-clefs, et aussi plein d'autres choses, mais il faut faire extrêmement attention, savoir manœuvrer. J'ai de quoi m'occuper pour les prochaines semaines. Il suffira de s'organiser un peu pour monter un pécule de jouets jusque-là inégalé.

Ce matin, dès mon entrée en classe, je sais que ce sera une mauvaise journée. D'abord, Madame Chavagnac annonce que la semaine prochaine toute la classe passera des examens d'évaluation sur deux matières, soit le français et les mathématiques. On examinera le niveau de chaque élève pour savoir où en est la classe. Il faut connaître nos forces et nos faiblesses avant les examens de Noël. « Ce sera comme une répétition générale », dit-elle toute joyeuse, comme s'il s'agissait d'un tournoi de pétanque.

Quand je demande haut et clair si je peux aller pisser, elle dit : « Non, pas aujourd'hui. » Je suis halluciné.

— Comment ça, non ? Mais c'est mon droit fondamental de la Convention de Genève, que je crie.

— Écoute, Léon, nous allons passer la semaine à faire de la révision et je crois que, plus que tous les autres, tu as besoin de ne rien manquer. Alors tu vas me faire le plaisir de t'asseoir et d'écouter attentivement. Tu pourras aller aux toilettes à la récréation comme tout le monde.

Elle a dit ça sur un ton qui ne sent pas du tout le maquis et les collines de Provence.

Je ne veux pas défier son autorité devant les

autres, parce que je l'aime bien, et puis elle a mis une telle intensité dans son « Non, pas aujourd'hui », avec un accent de supplication, comme un début de bouleversement. Je me sens incapable de lui faire de la peine, allez savoir pourquoi. Il y a des questions qui restent sans réponse.

Je reste à ma place, statue de marbre italienne qui pense à Rodin, sans émettre le moindre son. Je fais baisser mon rythme cardiaque, je respire le moins possible, Madame Chavagnac peut commencer sa révision avec Alice et René qui exercent des activités de plus en plus variées. Ils ont fait l'acquisition d'un chien appelé Bijou, au singulier sans x à la fin.

Il faut tuer le temps. Pulvériser en miettes la chose la plus précieuse que la vie nous ait donnée.

Le problème, c'est que Clarence est devenue une obsession d'une intensité si formidable que je me rends compte avec angoisse que je ne peux plus penser à autre chose. Mes scénarios imaginaires avec elle ont pris de telles proportions que, si je continue dans cette voie, aucune réalité, même la plus extraordinaire, ne pourra avoir le moindre intérêt. Je ne la vois pratiquement jamais. Et quand je la vois, c'est de loin, en tout petit, comme une brindille au fond du paysage. Je ne lui ai pas dit un mot depuis que je l'ai revue. Mais elle prend quand même toute la place.

J'en viens à regretter le trio infernal malgré la terreur qu'il m'inspirait, il avait au moins l'avantage d'occuper une partie de mes pensées. Maintenant, tous les recoins de mon cerveau, toutes les ramifications, les châteaux, les vastes salles de concerts, les cathédrales, les champs, les montagnes, bref l'univers tout entier se trouve rempli par le visage de Clarence.

Pendant la première heure de révision, je fais plusieurs tentatives pour penser à autre chose. Sans résultat. Une sorte de courant maléfique et absurde me ramène toujours à Clarence. J'ai un moment de panique. Alors j'essaie comme un fou, à toute vitesse et en urgence extrême, de penser à ma mère, à mon père, à mes sœurs, à tous ceux que j'aime, mais je ne peux fixer aucune image. Les visages de ma vie défilent à toute vitesse, arrivant à peine à me faire un petit signe de la main. Ils sont tous entassés dans une rame de métro qui décide d'ignorer la station et passe à toute vitesse. L'étonnement est général d'un côté comme de l'autre. Une fois le métro passé, Clarence se trouve sur le quai d'en face. Elle regarde ailleurs pour m'ignorer, pour me faire comprendre que je suis fou.

Je me lève de ma chaise et je demande haut et clair si je peux aller aux toilettes. Madame Chavagnac suspend son geste dans l'imparfait du subjonctif et se retourne lentement vers moi. Tout de suite, elle voit la peur sur mon visage, sent la terreur qui traverse mon corps. L'oxygène n'arrive plus à mes poumons, je me noie. Je fais trois pas vers la sortie et je m'écroule par terre.

La blancheur du plafond et l'odeur de Paco Rabanne me ramènent immédiatement à la réalité. Les énormes seins de Madame Penfield penchée sur moi commencent à parler entre eux, celui de gauche le premier.

— C'est de la comédie. Cet enfant se porte très bien. Ce n'est pas la première fois qu'il nous fait le coup.

Le sein de droite répond avec un accent du midi :

— Je le trouve bien pâle. Vous êtes sûr qu'il n'a pas de fièvre ? Regardez-le. Il est tout en sueur.

Il faut que je détourne la tête. Cette conversation ne m'intéresse pas. C'est alors que je vois le joli visage de Madame Chavagnac qui descend d'un cerisier pour venir me rejoindre. Elle approche son visage tout près du mien. Dans le grain foncé de sa peau je vois de longues heures d'été, il y a aussi de petites rides minuscules où l'on peut compter des semaines au bord de la mer repliée en souvenir au coin de l'œil.

— Mais alors Léon, qu'est-ce qui t'arrive ? Tu nous fais quoi ?

Elle passe sa main sur mon front, puis elle soupire un petit mistral de rien du tout, parfumé à la menthe. Je veux aller m'étendre dans le pré et regarder les nuages avec Clarence.

— C'est un coup de chaleur. J'ai manqué d'air. Maintenant, ça va beaucoup mieux, madame Chavagnac.

Elle vient me conduire elle-même à la cafétéria. La cloche a sonné l'heure du dîner depuis longtemps, les couloirs sont vides comme je les aime. Nous marchons tranquillement sans nous presser. Elle me tient par le bras comme un grand malade imaginaire, j'ai tendance à vouloir sombrer dans les coins. Je veux faire naufrage, me déposer doucement dans les profondeurs marines. Je m'apprête à pleurer toutes les larmes de la mer quand elle commence à me dire des choses épouvantables avec un calme déconcertant :

— Il faut que tu comprennes, Léon, ça ne peut plus durer comme ça. J'ai des responsabilités. Tu ne viens plus du tout en classe. Je ne peux pas te laisser partir dans la nature à tout bout de champ. Mon métier à moi, c'est de t'apprendre à lire et à compter. Seulement, Léon, tu ne me laisses plus le choix. J'ai appelé ta mère hier soir. Il faut que je te le dise, je veux que les choses soient claires entre nous.

J'ai senti comme une hésitation dans sa voix.

— On n'a pas pu parler longtemps parce qu'elle testait un nouveau médicament pour la migraine. Je ne savais pas que ta mère travaillait dans la pharmacologie. Bref, elle n'avait pas la tête à avoir une discussion pédagogique, mais il est convenu que je la rencontrerai jeudi soir après l'école et là, mon petit Léon, il faudra bien que je lui dise la vérité.

— La vérité, personnellement, je ne vous la conseille pas. Mais après tout, c'est vous l'expert. Faites comme vous voulez, mais la vérité c'est pas sa tasse de thé, à ma mère. Je vous conseille de commencer par un mensonge. Il arrive qu'on obtienne ainsi de meilleurs résultats.

— Mais qu'est-ce que tu racontes, Léon ? Il ne faut pas mentir. C'est malhonnête et méchant.

Elle a l'air tellement sincère, ma maîtresse d'école,

avec sa devanture ensoleillée et son sourire pareil à une sonate de Mozart, que je ne sais pas quoi lui répondre.

— Vous savez, madame Chavagnac, ceux qui vivent dans le mensonge ne mentent jamais. Ce n'est pas nécessaire. C'est comme vouloir boire de l'eau quand on vit dans un aquarium.

Je trouve la conversation déprimante. Je veux parler d'autre chose. De sa mère à elle, par exemple. De son château au bord du canal, de la gloire de son père, des collines de Provence. Je voudrais marcher dans un chemin tranquille avec des fougères en bordure.

Tout à coup, c'est arrivé. Au début, ce n'est que l'amorce fugitive d'une solution, mais très rapidement ça prend de l'ampleur. Je ferme les yeux et je vois l'image de Pierre Sinotte, le seul élève dans toute ma carrière d'écolier qui, pendant une courte période, était plus nul que moi. En troisième année, je me suis retrouvé au dernier rang avec lui et, quand la maîtresse a lu tout haut les résultats des bulletins trimestriels et qu'elle a dit en terminant : « Léon Doré, trente-quatre pour cent. Pierre Sinotte, vingt-huit pour cent », ça a changé ma vie. Ces six points de différence ont fait mon orgueil et réhabilité mon ego au sommet de l'ivresse.

Enfin, pour une fois, il y en a un plus nul que moi. Je me suis pris d'affection pour lui immédiatement. « Si t'as besoin d'aide, tu peux me demander », que je lui ai dit humblement, du haut de mes trente-quatre pour cent. Il m'inspirait une grande pitié et une compassion telle que je me suis mis à écouter et à apprendre, uniquement pour pouvoir l'aider. Jusqu'au jour où Pierre Sinotte est rentré à l'école avec une paire de lunettes en fer blanc sur le nez. Deux semaines plus tard, il est devenu premier de classe. On a fini par le déplacer vers l'avant avec les meilleurs pour m'empêcher de copier sur lui.

Ce n'est pas un excellent souvenir mais, comme je dis, ça a déclenché une amorce intéressante pour conjuguer le futur antérieur.

— Écoutez, madame Chavagnac, vous êtes mon professeur préféré. Le meilleur que j'aie jamais eu de toute ma vie. C'est pour ça que je vais vous dire un secret.

À ce moment-là, je la fixe bizarrement, comme si j'avais une poussière dans l'œil.

— Des fois, quand je regarde au tableau, ça devient tout brouillé et ça me donne mal à la tête. Au début de l'année, j'arrivais à suivre un peu, vous vous souvenez ?

Elle s'en souvenait un petit peu, mais pas beaucoup.

— Eh bien maintenant, c'est pire. Ça devient tout en désordre. Des fois, je vois des mots comme « bijou », « genou », « caillou »… Des fois, je vois « chou » et « hibou »… Mais vous comprenez, madame Chavagnac, c'est pas vraiment le sujet de la dictée. Alors, ça m'ennuie. Des fois même, ça me désespère. Il m'arrive de voir Alice à genoux, couverte de bijoux, et René qui lui lance des cailloux. Il y a aussi des hiboux qui tiennent dans leur bec des feuilles de choux. Je comprends plus rien, madame Chavagnac.

Elle se penche sur moi et me regarde profondément dans les yeux à la recherche d'une voilette sur la rétine. J'ai semé la petite graine qui va me faire gagner du temps.

— Mais pourquoi tu ne m'en as pas parlé plus tôt? C'est évident que tu as un problème aux yeux. Tout s'explique. Tu ne vois pas comme il faut au tableau. Je crois qu'on a mis le doigt sur le problème, mon petit Léon.

Je vois en effet toute l'étendue du problème. Une vague d'inquiétude vient me fouetter le sang, en pensant aux complications que va entraîner l'énormité du mensonge que je viens de faire.

— Dis-moi, Léon, il y a combien de temps que tu vois les choses embrouillées au tableau?

— Ça a commencé au milieu de l'année dernière, dans la classe de Madame Beaudry.

Je suis parti dans mon mensonge, il n'y a plus rien pour m'arrêter:

— Elle était très gentille comme maîtresse d'école. Elle nous apprenait des mots compliqués qui prennent des « x » à la fin au pluriel, comme « bijou », « genou », « caillou »…

— Oui, ça on a compris, Léon. Mais pourquoi n'en as-tu pas parlé à ce moment-là?

— Ben, parce qu'on était en plein milieu du mois de mars, que je dis, comme une évidence.

— Et alors, qu'est-ce que ça change?

— Ça change, madame Chavagnac, que le mois de mars, c'est le mois des grandes migraines carabinées de l'hémisphère sud. Ça vient de l'humidité. Alors vous comprenez bien que c'était pas le moment de déranger ma mère à cause d'un petit mal de tête et du brouillard au tableau. Une très grosse migraine, ça peut devenir une tumeur au cerveau. Ça s'est déjà vu à Santa Fé, au Nouveau-Mexique.

Visiblement, ça la trouble un peu. Elle ne s'attendait pas à cette réponse. Je décide de poursuivre sur mon avantage.

— Au début, je pensais que ça partirait comme c'est venu. Mais on dirait qu'avec l'hiver qui approche c'est pire que d'habitude.

— Mais Léon, tu ne te rends pas compte. Il faut que tu voies un oculiste, c'est urgent.

Elle est toute regaillardie, Madame Chavagnac. Pour un peu, elle se mettrait à sautiller sur place. Tout va s'arranger maintenant qu'on a mis le doigt sur le problème.

Chapitre 13

Quand j'arrive à la maison, ma mère m'attend sur le pas de la porte avec son pied de guerre dans sa bottine de velours. Madame Chavagnac a fait du bon boulot. Il suffit de regarder sa silhouette qui bloque le passage, appuyée en travers de la porte. Même depuis le chemin, à cent pas d'elle, je vois déjà le drame qui souffle en rafale. Son penchant naturel pour la tragédie grecque vient de mordre dans un morceau de choix. L'hystérie prend alors la forme subtile d'un grand calme bouddhiste. Maman a tout compris : la vie, la mort, la médecine, les sciences occultes, la pharmacologie… Elle est experte en tout. Et, comme elle est devenue désormais la voix de la raison, toute personne qui viendrait la mettre en doute se heurterait à une forteresse belliqueuse et pratiquement imprenable. Oui, décidément, Madame Chavagnac a fait du bon boulot.

Je savais qu'il valait mieux commencer par un mensonge, un bon mensonge bien gras, compliqué à souhait. Ma mère, pour ses enfants, était prête à affronter tous les périls, pourvu que la raison en soit fausse à la base. Alors, elle était prête au plus grand sacrifice du genre humain. Mais si, par exemple, j'avais attrapé, pour de vrai, la leucémie du type b4 incurable jusqu'à la mort, alors maman se serait effondrée dans une grande tumeur au cerveau, migraineuse, probablement fatale, on ne sait pas encore.

Une chose certaine, ma mère avait décidé de prendre en main la situation.

Le lundi matin, dans la Pontiac Parisienne de papa, maman et moi fonçons sur la Route 9 en direction de Montréal, pour aller à mon rendez-vous chez l'oculiste. Dans ses intenses recherches frénétiques, maman a dérangé deux cents personnes, mais néanmoins réussi à dénicher la sommité du moment, le grand spécialiste révolutionnaire des yeux, l'éminence de la rétine qui vous coûte la prunelle du fion, avec, en prime assurée, une prescription qui vous coûte les yeux de la tête. Maman est franchement excitée. Pour la première fois depuis des mois, je la sens pleinement heureuse. C'est la fête au village. Je me laisse griser par l'euphorie du moment, en regardant se rapprocher les buildings du centre-ville. Je partage l'enthousiasme général : tout va s'arranger.

— Tu comprends, Léon, personne ne m'écoute jamais. Mais c'est moi qui avais raison, comme d'habitude. C'est évident qu'il y avait un problème.

Mais ton père, il ne voit pas plus loin que le bout de son nez.

— Oui, maman.

— Ce n'est pas de ta faute si tu as un problème avec tes yeux. Tu comprends ça, Léon?

— Oui, maman, je comprends.

Nous restons bloqués sur le pont Jacques-Cartier au moins quarante-cinq minutes. Pendant un moment, je regarde en bas les bouillons venimeux du fleuve. Je vois des mains sortir de l'eau, des mains de noyés qui cherchent une branche. Ensuite, j'ouvre la fenêtre et je dégueule une incroyable quantité de vomi, qui, à cause d'une malencontreuse rafale de vent, va s'écraser sur le parc-brise de la voiture qui nous suit. Va savoir. Y'en a qui ne sont pas chanceux. Le mec se met à klaxonner comme un furieux. On ne voit pas son visage, jusqu'au moment où il met en marche ses essuie-glaces.

Je me retourne pour le voir. Je m'attends à découvrir un conducteur rouge de colère, qui va nous doubler en faisant crisser ses pneus. Eh bien! pas du tout. C'est un petit homme habillé tout propre, au visage blanc comme un caleçon de sport. Il stoppe son véhicule et sort de sa voiture. Et puis, contre toute attente, il vomit lui aussi. Il vomit par terre sur le tablier du pont, comme pour me donner l'exemple, pour me montrer comment faire. Ce n'est pas nécessairement très drôle à raconter, mais ça s'est passé comme ça.

Nous arrivons dix minutes en retard chez l'oculiste. Je me sens faible mais je me sens bien, sûr de moi et détendu. Quand le docteur vient me chercher dans la salle d'attente, je vois tout de suite que maman a fait un excellent choix. Il sent le charlatan de première classe. Il embaume l'atmosphère. Je m'installe sur son fauteuil d'oculiste, pendant que maman regarde avec attention les diplômes encadrés sur le mur. Nous reprenons quatre fois l'examen, et quatre fois je m'efforce de répéter les mêmes erreurs, consciencieusement. Tantôt je vais trop à gauche, tantôt je confonds volontairement les « p » et les « d », les « m » et les « n ». Il y a des hologrammes d'insectes dont il faut pincer les ailes avec ses doigts. Parfois, malgré une tendance naturelle à vouloir réussir l'examen, je reprends vite le dessus et fausse tout systématiquement. Ensuite, nous retournons dans la salle d'attente. Dix minutes plus tard, l'éminence de la rétine vient expliquer à ma mère que je suis un cas très rare et que c'est presque un miracle si j'ai pu me rendre jusqu'à l'âge avancé de onze ans sans prescription.

Ensuite, nous allons choisir une monture. Ma mère opte pour un style français, plaqué or 14 carats. À cause de l'âge ingrat et de mes dents en avant j'avais l'air déjà un peu crétin — crétin normal, sans plus —, mais avec la monture française plaquée or 14 carats sur le nez, je saute à pieds joints dans la catégorie de ceux qui ont vraiment une gueule d'imbécile, une tête à claque, une tronche de premier de classe à qui on a envie de décaper la façade. Ce n'est pourtant pas mon plus grand problème. Une fois ma prescription installée sur ma monture, le grand spécialiste est venu me la mettre lui-même sur le nez, et a commencé ses explications :

— Ce sont des lunettes à trois foyers. Celui du bas te servira à la lecture. Celui du milieu, pour regarder les choses plus ou moins éloignées, comme le tableau de la classe, par exemple. Et celui du haut, c'est pour les plans d'ensemble, comme un coucher de soleil ou la migration des oies sauvages. Au début, tu auras un peu de difficulté à t'habituer, mais au bout d'une semaine, tu verras parfaitement bien comme tous les enfants.

Je suis content qu'il dise ça, parce que ça ne fait même pas une minute que je les porte que déjà la tête me tourne et que je sens pointer le mal de crâne. Maman, de son côté, nage en pleine euphorie. En me regardant avec mes montures françaises, elle découvre un nouveau fils. À première vue surdoué, qui va devenir, grâce à elle, non seulement un premier de classe, mais une manière de génie dans une branche encore indéterminée qui va se définir dans les prochaines semaines, si ce n'est dans les prochaines heures. Moi, je fais l'émerveillé, celui qui découvre des milliers de choses qu'il n'a jamais eu la chance de voir avant. Ma vie est complètement transformée, je n'arrête pas de le répéter :

— Maman, ma vie est transformée. J'ai l'impression d'être une nouvelle personne.

— Et dire que ton père s'imagine que je t'invente des maladies. Mais pourquoi n'y ai-je pas pensé plus tôt ? Je ne suis pas assez vigilante avec toi. Mais maintenant tout va changer.

La seule chose qu'il m'est impossible de faire avec mes lunettes, c'est de descendre les escaliers. Une sorte de coupure entre les deux foyers fait apparaître la marche plus loin qu'elle n'est en réalité. Sinon je peux réussir à me diriger sans trop de problème, en gardant mes yeux sur le foyer du haut, celui pour le coucher de soleil et la migration des oiseaux.

À la maison, l'enthousiasme est général. Même mon père s'est rangé à l'avis de tous. Et, malgré de lancinants maux de tête, j'arrive à penser que mes problèmes sont réglés. Et, comme le mot d'ordre dans la maison est « Léon, mets tes lunettes » et que je veux faire plaisir à tout le monde, je me mets à porter mes lunettes à trois foyers et à voir la vie découpée en lamelles.

Madame Chavagnac, qui est devenue grande copine avec ma mère, a mis sur pied un programme de rattrapage intensif pour éviter que je redouble mon année scolaire. Tous les soirs à six heures trente, après le souper, une certaine Madame Lanctot, ancienne institutrice de Marie-Rose, vient à la maison me donner des leçons privées que je pourrais qualifier de longues, assommantes et marécageuses. Alice et René reviennent à la charge pour confirmer que la grammaire passe absolument par ces deux insignifiantes existences qui se résument la plupart du temps à courir après le ballon.

Et, bien entendu, il faut que je porte mes lunettes, c'est obligatoire. Vu l'acharnement et la dévotion incontestable de cette Madame Lanctot, je pourrais sans doute apprendre quelque chose mais, avec mes lunettes et de puissantes migraines, la grammaire et les mathématiques sont devenues une véritable torture, un puissant traumatisme, une aversion profonde.

Jusque-là ma vie n'était pas très simple, mais le mensonge des lunettes la rend franchement compliquée. Tout ce que je veux, moi, c'est gagner du temps, parce que j'aime Clarence. Je veux la reconquérir absolument, envers et contre tout, jusqu'à la mort. Il est simplement impossible de concevoir, même une minute, qu'elle ait pu cesser de m'aimer.

Le lundi matin quand je rentre en classe, Madame Chavagnac me remet à ma place de départ, à côté de la grosse fille toute rouge qui rit tout le temps. Ensuite, elle vient me trouver, toute contente de voir mes montures françaises à trois foyers. C'est une grande réussite dans son plan de carrière. Ses yeux brillent tellement que je me demande si elle ne va pas verser une larme.

— Tu vois, mon Léon, c'était pas compliqué. Maintenant tu es comme tous les autres enfants.

Elle se rapproche de mon oreille et murmure :

— T'en fais pas, on va rattraper le temps perdu. J'ai encore parlé à ta mère et à Madame Lanctot hier soir. Au début on va mettre les bouchées doubles, mais on réussira les examens du ministère, c'est une promesse.

Pauvre Madame Chavagnac ! Je suis triste pour elle. Elle me donne discrètement un baiser sur le front puis, joyeuse comme un pinson, retourne à son bureau en chantant « Aux armes, citoyens ! » Je la regarde à travers la grande fenêtre des couchers de soleil. Je me mets à voir des milliers d'oies sauvages émigrer vers la Floride. Tout devient embrouillé, brumeux, comme un voile liquide sur les Grands Lacs. Je pleure à travers trois foyers des larmes discrètes comme les baisers de ceux qui nous aiment.

Ce matin, je ne lève pas la main pour aller aux toilettes. Chacun a droit à sa part de bonheur. C'est le tour de ma maîtresse d'école. Je fais semblant d'écouter. Je fais même semblant de comprendre. Trois cents heures plus tard dans les Maritimes, la cloche finit par sonner l'heure du lunch et la grande récréation.

Je sors de l'école en courant, comme s'il y avait le feu au lac. Quand j'arrive au bowling, Roger m'apprend, tout en préparant mon cheeseburger, que la police est venue hier soir. Ils cherchaient Flash partout. Il semble qu'on aurait découvert cinq kilos de haschich dans la cabane à outils chez sa mère. C'est une mauvaise nouvelle. Je ne suis pas surpris : dans la carrière de Flash, être recherché par la police ça prouve seulement que les affaires roulent, mais faudra tout de même faire gaffe à Lefebvre des fois qu'il lui viendrait à l'idée de profiter de la situation pour m'arracher la tête jusqu'au cartilage.

Chapitre 14

Je l'appelle le « mercredi noir », le « jour le plus long ». Tous les signes avant-coureurs de la catastrophe vont me péter à la gueule les uns après les autres, mais je ne verrai rien. Même s'ils étaient affichés en holo-grammes en trois dimensions coupés en lamelles, je ne verrais quand même rien.

D'abord il y a eu la boulette. La petite chose à ne pas faire. Presque rien, un moment véniel, un épan-chement malheureux, une erreur de parcours appa-remment sans conséquence, un manque d'attention. Ça se passe en sept secondes trois dixièmes, si vite qu'on se demande si c'est vraiment arrivé. Une bou-lette, quoi !

La récréation vient de commencer. Comme d'ha-bitude, j'observe Clarence de loin. Elle joue à l'élastique avec son cousin Rosaire qui la regarde avec de la bave qui lui coule jusqu'aux genoux. Je ne veux pas lui chercher des poux à cet imbécile mais, si j'avais un caillou, je lui fracasserais le chou et lui botterais ses bijoux de famille jusqu'en Égypte du Sud.

C'est alors que, tout à coup, je me sens très fatigué. Le coup de barre. Que je me mets à rêver d'un endroit tranquille où je pourrais faire la sieste et arrêter de voir du monde qui court partout en hurlant. Une envie de me coucher dans un lit profond et de rêver tranquillement à des magnificences héroïques dans lesquelles je traverserais des fleuves de lave en fusion bouillonnante pour aller sauver Clarence momentanément prisonnière. Bref, il me faut un endroit à l'abri des regards pour reposer mes yeux fatigués et dormir un petit coup.

Je décide de me diriger tranquillement vers l'infirmerie, au cas où il y aurait accalmie possible dans la région, armistice temporaire dans les points de suture, les éraflures, les indigestions ou le pétage de gueule. Je marche déjà comme un somnambule qui retourne au bercail. Poussant la porte, je constate que tout est tranquille, comme je l'avais espéré. Aucun malade, aucun blessé. Au fond de la pièce, j'aperçois le lit tout blanc dans la pénombre, à demi caché par un rideau de coton qu'un courant d'air invisible fait doucement frémir. Je me sens soulagé. Une vision de paradis : un lit tout blanc, exactement ce qu'il me faut. Je sens déjà l'odeur du sommeil me pénétrer. Je vais m'abandonner totalement à la *siesta divina*.

C'est à ce moment-là que je remarque que la

porte du bureau de Madame Penfield est entrouverte. Ça n'arrive pas souvent, c'est une porte qui est toujours fermée. Je me dis : « Allons voir. » Mais avant, je m'organise en sous-pape un petit mensonge : mal de ventre, colique et diarrhée, au cas où je rencontrerais quelqu'un. Je frappe à la porte trois petits coups leucémiques à peine audibles… Pas de réponse. Je pousse un peu et la porte s'ouvre toute seule.

Il n'y a personne, pas âme qui vive, sauf un géranium et une fougère près de la fenêtre. Je vais refermer quand j'aperçois sur le bureau un objet à la fois étrange et familier, qui me transforme en statue d'albâtre. Je ne peux plus bouger. Une sensation étrange, un chatouillement intérieur qui part de mes orteils et monte jusqu'à l'estomac, y séjourne un moment dans un bouillon voluptueux, avant de monter d'un coup dans mon cerveau. Une charge d'adrénaline pure ! Lentement je m'approche, attiré par l'objet étrange et familier placé là, au milieu du bureau, immobile. Un lézard endormi au milieu d'une tache de soleil. Il n'y a pas d'autre mot pour décrire le sac à main de Madame Penfield : un lézard endormi, replié sur lui-même et qu'il vaudrait peut-être mieux ne pas déranger.

Je l'ouvre quand même. Et qu'est-ce que j'y trouve, qui me saute pratiquement au visage ? Le porte-monnaie. Eh oui, le porte-monnaie de Madame Penfield, plein à craquer de billets de vingt dollars tout frais sortis de la banque. Pour rester conséquent avec moi-même, j'en prends deux que je glisse immédiatement dans mon caleçon. Et voilà la boulette ! La bou-bou, la bou-boulette. Je n'ai aucun besoin de cet argent mais, bon, je le prends quand même, allez savoir pourquoi.

Je n'ai plus du tout envie de faire la sieste. Je suis réveillé jusqu'au bout des ongles. Mon cœur bat du tamtam africain et inonde la savane de messages affolants : « Danger ! Danger ! Dégager le secteur ! »

Je sors de l'école par la grande porte des professeurs. Personne ne m'a vu. Je longe la rue Brodeur par la ruelle, puis j'entre au bowling par derrière comme le voleur que je suis. Mon intention est de pinner la 14 pendant deux bonnes heures pour me calmer les nerfs. Je passe directement derrière les allées. J'allume le voyant du box 14 pour signaler dans la salle qu'il y a un pinneur en attente. Le mercredi, c'est le jour de l'âge d'or. Ils s'amènent en autobus à coup de quarante ou cinquante à la fois. Je n'aurai pas à attendre longtemps.

Chapitre 15

J'ai aperçu Lefebvre une seule fois depuis le marché passé avec Flash. Il se cantonne derrière les panneaux de la patinoire qu'on vient d'installer en attendant la glace, c'est son territoire. Je le lui laisse volontiers. Je n'ai jamais su ce qui s'était passé entre ces deux-là. Une chose est sûre, maintenant Lefebvre me fout une paix royale. Il a réussi une chose que je croyais impossible : il s'est fait totalement oublier. Quand j'y pense, les larmes me montent aux yeux. J'ai presque envie d'aller lui faire un compliment pour sa persévérance. Ça vaut une médaille d'or 14 carats. Seulement, si Flash se fait arrêter par la police, logiquement il n'y a plus rien pour empêcher Lefebvre de venir m'arracher la tête, parce qu'aucun doute ne peut subsister sur les intentions belliqueuses de mon camarade. Il me suffit de regarder du côté de la patinoire pour voir surgir de par-delà les dunes de petits nuages de vapeur. C'est la cocotte minute de Lefebvre en pleine fusion atomique, un potage psychopathe qui laisse échapper de la pression. Si la voie est libre, le garçon va me foncer dessus comme une fusée turbonucléaire. D'après moi, si Flash n'est pas encore pris, c'est qu'il a des choses à régler avant. Roger dit qu'il ira tout droit à Boscoville, ce qui est proprement lamentable. Ce n'est pas à Bosco qu'on fait ses classes. Il n'y a que des petits voyous sans envergure, un vrai camp de vacances pour scouts ratés. Pour Flash, il faut Bordeaux ou Orsainville, une vraie prison sérieuse. Il n'y a pas de justice. Empêcher Flash de devenir un bandit, c'est comme priver Mozart de piano. Flash est un bandit de très grand chemin, un bandit de chemin royal.

N'empêche que je sens de la catastrophe dans l'air. Je pense à la mort, à la dissolution. La vie écolière devient de plus en plus lourde à porter. Quand je ferme les yeux, je me vois pulvérisé en mille miettes de cristal.

La semaine s'est passée dans une véritable frénésie de magasinage. Je dépense en fou, comme s'il n'y avait plus de lendemain. Tous les jours, je fais le tour des commerces et j'achète comme un malade, au mépris de toute sécurité. J'invente des histoires abracadabrantes : « Je viens aux commissions pour toute ma classe, madame. » Alors je sors une liste et je fais semblant de passer une commande pour la moitié du primaire. J'achète en bloc, à la boîte, à la douzaine, en paquets de quarante. Tout est bon. Réglisse, boules noires, jujubes, mojos, caramels, outils, négresses, hosties. C'est la fièvre du grand diabète, j'ai attrapé la glucose.

Ensuite, je file direct à la pharmacie, rayon jouets. Je deviens responsable des préparatifs avancés pour la Noël des orphelins de Duplessis. « Je suis mandaté, madame, par le frère économe, lui-même. Faut que tout le monde trouve son bonheur. Évidemment, je paie comptant, madame. » J'en profite pour suréquiper mes *G.I. Joe* en vue de la guerre atomique et de la fin du monde. Ils sont parés à toute éventualité, armés jusqu'aux dents : bazooka, lance-flammes, M-16, kalachnikov, grenades, 48, 38, 22, 16, 12, 30-30. Ils peuvent aller en skis, à cheval, en jeep, en char d'assaut, en parachute, en homme-grenouille, en scaphandrier. Ils peuvent escalader, voler en deltaplane ou creuser des mines jusqu'au centre de la terre. J'achète aussi des Barbies pour Clarence, avec des robes de mariée, des tailleurs Chanel et des minibrosses à cheveux.

À la quincaillerie, je profite de l'heure du dîner quand il n'y a plus que le commis Fernand pour tenir le magasin. Il me vend n'importe quoi et croit tous mes mensonges comme si c'était une vérité de la police. Y a pas de malaise. Couteaux de chasse, pétards à mèche, carabine à plomb, canifs, porte-clefs, torche électrique.

J'entasse tout dans le caveau des Dupré. Ça commence à ressembler à une salle de jeu, une boîte à surprises. J'ai aussi des chandelles et un petit réchaud. L'autre jour, je me suis fait une soupe Lipton. Ça m'a tellement excité que je suis sorti trois fois pour aller pisser, tellement je me sentais bien dans ma charmante maisonnette.

Le caveau est plein à craquer. Il n'y a pas d'espace de rangement, tout est muré. Mais je n'ai pas le choix, je ne peux pas ramener ça au logis familial. Mes sœurs qui quantifient et calculent toute espèce de jouet qui entre dans la maison m'auraient dénoncé en trois minutes en voyant le magot. Non pas qu'il y ait là un véritable délire pathologique indiquant avec clarté un profond malaise, mais plutôt parce qu'il n'est pas question que je possède plus de jouets qu'elles et que je me fende la gueule avec mes *G.I. Joe* suréquipés pour la guerre atomique. Il ne faut même pas y penser. D'un côté je trouve ça dommage, parce qu'avec mon frère Jérôme, en ce qui concerne l'aventure *G.I. Joe,* on s'entendait comme les deux doigts de la main, avant qu'il ne parte pour le kibboutz.

La mission la plus appréciée de notre commando est d'attaquer la maison Barbie de mes sœurs. On fait dans le style Vietnam, avec lance-flammes et mitraillette, un truc très à la mode. Massacre organisé systématique. On viole les Barbies, on les attache à un poteau avec leurs robes toutes déchirées. Ken, c'est un pédé, un non-violent, un objecteur de conscience, avec son chandail polo. Alors, on le sodomise et on le laisse regarder. La routine vietnamienne, quoi. Rien de plus, franchement, que ce qu'on voit au bulletin télévisé de dix heures. Même que parfois, on a des largesses avec les prisonnières. Il nous arrive d'en libérer une comme ça, sans raison, un pur rebondissement humanitaire.

On la regarde courir vers la liberté dans son petit tailleur Chanel tout déchiré, et ça nous fend le cœur à mon frère et à moi.

Le caveau contient quatre placards à cercueils. Trois d'entre eux sont utilisés. Une grosse dalle cimentée indique qu'il y a du monde à l'étage. Il reste donc un emplacement vide au deuxième. Ce spacieux renfoncement devient, pendant plusieurs semaines, mon quartier général, mon petit lit douillet où je viens oublier la bouleversante pression de l'humanité. J'allume mes chandelles, je déroule mes couvertures de laine et je passe en revue mon armée de G.I. au garde à vous. Les flammes douces et chaudes font passer des lueurs inquiétantes dans les regards fixes et vides des combattants.

Pendant ce temps, dehors, à des milliards de kilomètres, la vie continue, l'école bouillonne d'activité en vue des examens de Noël. Plus loin encore dans la grande ville, il y a des messieurs avec des cravates qui travaillent dans des bureaux, et des millions de mamans qui font du shopping et qui avalent des pilules pour tenir le coup. Il y en a aussi dans les campagnes qui ramassent le maïs et entassent le grain pour l'hiver. D'autres font des barrages électriques tout en français pour se prouver qu'ils sont un peuple d'ingénieurs. Enfin, il y en a qui défendent la veuve et l'orphelin, comme dans l'affaire Moffin : tout le monde le sait, Moffin était célibataire, mais il a quand même fallu accuser ses assassins. La vie est remplie de choses graves, importantes et justes. L'indignation est de rigueur.

L'indignation, c'est la grande mode. Il est plus convenable de vouloir sauver l'humanité entière plutôt que de se concentrer sur un seul être humain, parce que de toute façon, il sera sauvé avec la masse, en même temps que les autres. Sinon, ce ne serait pas équitable. Et, comme l'indignation est de rigueur, il ne reste plus qu'à recommencer. C'est un cercle vicieux, un principe compliqué, bilingue et démocratique. Il m'arrive parfois au fond de mon caveau, à la lumière des chandelles, entouré de mon armée de soldats aguerris aux missions suicides… Il m'arrive parfois, je l'avoue, de songer à la question.

Je me demande avec angoisse jusqu'où il faut aller dans la vie pour faire partie de ceux qui sauvent la veuve et l'orphelin, plutôt que d'être l'orphelin lui-même. Faudrait pas que je manque le coche dans la manœuvre. Je me sens déjà au plus bas de la chaîne alimentaire. Il y a le gibier et le prédateur, le gagnant et le perdant. Le calcul n'est pas compliqué : un plus un égalent deux. Faut pas aller à l'école longtemps pour apprendre ça.

Chapitre 16

Nous sommes samedi matin, il est onze heures
dix. Je suis assis dans la Parisienne, j'attends mon père.
La voiture est confortable mais je regrette quand même
la vieille Chevrolet. Maman l'a détruite l'hiver dernier
en fonçant dans la souffleuse. Elle était très pressée
d'aller à la pharmacie et le chauffeur de la monstrueuse
machine était incompétent. Maman a fait une telle
crise d'hystérie collective qu'il a été limogé le soir
même dans une assemblée spéciale du conseil muni-
cipal.

Dehors, il y a un petit soleil frileux de fin
novembre. Le coffre arrière de la voiture est plein à craquer. Mon père et moi avons passé la matinée à faire
le marché. Mon père adore faire le marché. Ça le méta-
morphose, il devient comme en voyage. Il est heureux,
insouciant et totalement lui-même. Pour la nourriture,

il dépense sans compter. La plupart des commerçants le vénèrent et le salamalèquent toutes les dix minutes.

Mon père est ce qu'on appelle une personnalité connue, une sorte de héros national, un grand explorateur. Il a visité tous les pays du monde. C'est aussi un défenseur de tous les droits de l'homme du monde. Il s'indigne tous les quarts d'heure contre tout ce qui bouge. Il est de tous les combats, contre toutes les injustices. Il est membre fondateur de tout, pionnier de tout. Il est communiste, fédéraliste, pluraliste, multilinguiste. Il est contre la peine de mort et la brutalité policière. Il est ouvert sur le monde et hermétiquement fermé au nationalisme. C'est un acharné, un visionnaire, un rêveur, un idéaliste, un irréprochable absolu, d'une honnêteté féroce et dangereuse. Pour mon père, il y a Gandhi qui est le bon et Hitler qui est le méchant. Entre les deux, il n'y a rien de vraiment valable. Mais, comme je disais, le samedi quand il fait son marché, il devient presque un être humain.

Il n'y a pas dix minutes, quand nous étions chez le marchand de fruits, il m'a déclaré, tout en choisissant des cantaloups que, si le bonheur n'existait pas, nous serions heureux sans lui. Ce qui est une phrase franchement optimiste, qui permet d'espérer une manière de dénouement positif au bout du compte.

Comme je me trompais.

Je suis assis dans la Parisienne, égaré dans le parking du centre commercial. J'attends mon père qui est allé chercher ses chemises chez le nettoyeur. Tout baigne dans le paradis d'une paix sans histoire. C'est à ce moment-là que la vision cauchemardesque apparaît sous la forme imposante de Madame Penfield : un essaim de Walkyries à elle seule. Foudroyante, elle sort de la pâtisserie belge et s'engage sur la promenade. Je la vois comme un immense P-48 à mortier court. Elle roule des mécaniques en direction du nettoyeur, et là c'est la supercatastrophe qui dépasse l'entendement. Oscillation tellurique, interruption dans l'arrivée d'oxygène, Madame Penfield tombe nez à nez avec mon père.

Elle commence à lui parler avec de grands gestes comme si elle avait perdu son chat. Pétrifié, j'assiste à la scène, les mains crispées sur ma ceinture de sécurité. Je m'accroche encore à l'illusion d'une brève rencontre de courtoisie où l'on échange des propos insignifiants sur la conjoncture. Mais, en voyant l'expression sur le visage de mon père, je me dis que, ou bien ils ont un immense différend politique, et Madame Penfield veut diviser le pays à coups de hache et de guerre civile, ou bien ils parlent de moi. Tous mes espoirs s'évanouissent quand je vois mon père sortir son portefeuille et donner de l'argent à Madame Penfield. D'où je suis, je ne peux pas voir le montant exact, mais je suis presque sûr qu'il s'agit de quarante dollars. Et voilà comment le monde s'écroule. Pourquoi ai-je volé cet argent ? Je me pose furieusement la question. C'était la boulette, la boulette de ma vie écolière, et je sens que je pénètre d'ores et déjà dans un immense merdier.

Après la transaction, les adultes consentants se séparent sans se serrer la main. Mon père se dirige vers la voiture. Je le vois traverser le parking, il est furax à la puissance dix force cinq. Ses yeux pers ne font plus qu'une seule couleur, noire et venimeuse, qui me transperce à distance comme les rayons de la mort. Comme mû par un réflexe de survie, je sors mes lunettes à trois foyers monture française 14 carats et me les mets sur le nez pour voir le monde en lamelles, et aussi parce qu'il paraît qu'on ne frappe pas un enfant qui porte des lunettes. Ça peut lui crever un œil et c'est pas toujours sûr à cent pour cent qu'il le mérite.

Chapitre 17

Samedi après-midi, trois heures trente. Les conséquences sont désastreuses et la situation ne cesse d'empirer. Je suis cantonné dans ma chambre, je n'ai pas le
droit de sortir jusqu'au souper. Je n'ai pas le droit
d'écouter la télé ni de manger des carrés Rice Crispies.
Mais tout ça n'est rien : Marguerite vient me faire des
comptes rendus toutes les demi-heures. Papa est dans
une colère olympique. Il a décidé de faire enquête. Il
semblerait qu'il ait passé l'après-midi au téléphone.
Assis sur mon lit, j'écoute les moindres bruits de la
maison. Mon corps est en parfaite chute libre, astro-
nomique. Dehors par la fenêtre, la première neige de
l'hiver tombe doucement sur la plate-bande de *mari-
golds*. On dirait une carte postale de vacances ratées en
Angleterre. On cogne à la porte. Ce sont des coups
sourds et mourants comme le malheur ou la peine de

mort. La porte s'ouvre. Marguerite me regarde comme si je venais de la planète Mars.

— Papa est furieux. Il y a de la fumée qui lui sort par les oreilles. Il accumule des témoignages accablants. J'en reviens pas moi-même.

— Donne-moi un exemple.

— Le patron de la pharmacie, section jouets, confirme que tu as acheté pour cent trente-huit dollars en équipement de *G.I. Joe* et quatre-vingts dollars en Barbies, si tu veux un exemple. Il parle en ce moment avec le quincaillier au sujet d'une carabine à plombs. T'es pas juste un peu dans la merde, Léon. T'es cuit, brûlé, carbonisé. S'ils te mettent dans une école de réforme, on aura peut-être le droit d'avoir un chien.

— C'est encourageant. Il n'y a rien d'autre?

— Non. Pas pour le moment.

— Merci. Maintenant, laisse-moi, il faut que je réfléchisse à la situation. J'envisage le suicide, c'est encore le plus simple. On y revient toujours.

Marguerite fait mine de s'en aller sans pourtant faire le moindre mouvement.

— Je voudrais savoir une chose, qu'elle finit par dire.

— Quoi?

— Les Barbies, qu'est-ce que tu en as fait? Elles sont où?

— Je les ai données à une orpheline de Duplessis, idiote. Reviens quand tu auras des vraies nouvelles.

Je la pousse dehors et claque la porte.

C'est un dimanche qui pèse trois cents kilos et des poussières à couper au couteau. L'atmosphère est sinistre. Maman s'est chicanée avec papa à cause de moi, parce qu'elle m'a laissé sortir de ma chambre pour jouer du piano. Je me suis répandu dans des improvisations bruyantes et douloureuses, où je hurlais ma tristesse en *do* majeur. Je faisais semblant de frôler le génie pour écœurer le peuple. Mon père a mis un terme aux effusions en fermant le couvercle du piano. Il m'a donné une claque derrière la tête en disant : « Va dans ta chambre. » Jusque-là, rien de très grave. Mais, sur ce, maman s'est précipitée dans la situation comme une hystérique qu'on aurait giflée dans une réception d'ambassade. Alerte à la marine ! Outrage au tribunal ! Moi, j'ai filé dans ma chambre sans demander mon reste pour continuer mes préparatifs de suicide. Ensuite, Valérie est venue m'engueuler comme du poisson pourri, parce que maman pleure et que papa est parti se saouler la gueule au Club nautique. Ça va mal dans la chaumière.

Lundi, la mort. Ce matin, papa manque son bureau pour venir personnellement me conduire à l'école. Il a une conversation à avoir avec moi dans la voiture. C'est ce qu'il a dit devant tout le monde sur un ton froid et neutre comme le Tribunal de La Haye. Ensuite, il redevient tout sourire, comme celui qui a pris une importante décision, finale, irrévocable et sans appel, et que maintenant que c'est fait, tout le monde se sent beaucoup mieux. On fait même des crêpes de sarrasin. C'est la fête au bercail.

Personnellement, je ne partage pas son enthousiasme. La neige qui avait fini par être presque belle la nuit dernière n'est plus aujourd'hui qu'une sloche écœurante et sale. On dirait une inondation dans un sous-sol fini. Ce n'est même pas la peine de regarder par la fenêtre de la voiture. Au moment où nous nous engageons sur le chemin de la rivière, mon père commence son sermon par une sorte d'épître équivoque : « Qui aime bien châtie bien, mon garçon. » Un début prometteur qui met tout de suite en confiance. Ça détend l'atmosphère.

Au commencement, je suis d'accord avec tout ce qu'il dit. Il m'aime beaucoup, il n'a pas hésité à annuler sa conférence des droits de l'homme juste pour moi, car je suis important. Même compte tenu des circonstances extraordinaires qui sévissent actuellement dans la prison de Parthenais. Il y a des détenus qui ne peuvent jamais éteindre les lumières eux-mêmes. Ça reste cruellement allumé tout le temps. Ça leur fait mal aux yeux, il y en a qui perdent le sommeil. La Ligue se battra jusqu'au bout pour faire cesser le scandale. Déjà on a installé des lumières bleues à la place. Comme ça les prisonniers ont l'impression de s'endormir dans une discothèque et c'est beaucoup moins fort pour les yeux. Je suis d'accord avec lui : il faut que ça cesse absolument. Je propose mes services pour aller faire du porte-à-porte ou aller coller des enveloppes, ça me ferait plaisir de les aider, seulement là n'est pas la question.

— Tu ne t'en souviens peut-être pas, mais j'ai passé trois jours en prison. Naturellement, c'était pour des raisons politiques. Et ça m'a beaucoup marqué.

Moi aussi, ça m'a beaucoup marqué. Je me suis fait lancer des pierres à l'école pendant toute la semaine. Bref, son idée c'est qu'il ne veut pas que ça m'arrive à moi. Il ne veut pas que je devienne un criminel de droit commun. Alors j'ai besoin d'une leçon pour comprendre qu'il ne veut pas. C'est le but de la manœuvre.

— Donc, avant d'aller à l'école, nous devons nous arrêter chez tous les commerçants où tu as l'habitude d'aller. Une fois à l'intérieur, on va leur dire que tu es un petit voleur et que moi, ton père, je leur interdis dorénavant de te vendre quoi que ce soit.

Au début, je proteste énergiquement. Mais, finalement, c'est exactement ce que nous faisons. Il attend que je nomme moi-même les établissements. À chaque fois, je résiste. J'imagine toutes les fuites possibles, jusqu'à l'extrême torture. Mais comme il faut en faire quelques-uns pour la leçon, je finis par dire « là ». Papa gare la voiture et nous rentrons dans le magasin.

— Bonjour madame, cet enfant est mon fils. Et, malheureusement, c'est aussi un petit voleur. Dorénavant, je vous interdis de lui vendre quoi que ce soit.

Ensuite, on retourne dans la voiture. Ça dure toute la matinée. Papa roule lentement pour que je n'oublie aucun commerce. Quand finalement nous arrivons devant le dépanneur Chez Pit, endroit de prédilection où j'ai dépensé des centaines de dollars ces dernières semaines, je ne dis rien du tout et regarde l'établissement exactement comme si je n'y avais jamais mis les pieds de ma vie. Papa se met à ralentir davantage. On est presque arrêtés. Je comprends alors qu'il sait tout depuis le début. C'est à ce moment-là que je décide de ne jamais lui pardonner.

— Ici, tu es sûr que tu n'y es jamais allé ? Essaie de te souvenir. Le dépanneur Chez Pit.

— C'est trop loin de l'école, personne n'y va jamais, que je réponds, comme s'il restait un filon d'espoir dans l'univers.

— On va s'arrêter quand même, juste pour être sûr.

Vers midi, j'étais barré dans tout le village. Je ne comprends pas pourquoi papa a fait une chose pareille. Pourquoi prend-il cette immense hypothèque sur mon avenir ? *Éli, Éli, lema sabbachtani ?* Seul Roger du bowling s'est tenu debout devant le prince consort.

— Je vous entends bien, monsieur. Vous êtes son père, c'est vous qui décidez. Je ne vendrai aucune marchandise à votre fils. Seulement, je ne lui fermerai jamais la porte et il sera toujours le bienvenu chez moi. J'espère que je me fais bien comprendre.

Papa est interloqué raide mort, bouche bée, cloué sur place, ébranlé dans sa conviction profonde. Et moi j'inclus Roger dans mes prières pour le reste de mes jours : « Merci, Roger, le meilleur du monde. Merci de me laisser de l'amour-propre quand je me meurs dans le désert du Sinaï. Merci, Roger de m'aimer. Et que Dieu te protège. »

Mon père me laisse devant la grande entrée des professeurs. Il passe son bras par-dessus mon corps et ouvre lui-même la portière.

— Madame Penfield t'attend dans son bureau pour que tu lui présentes des excuses. Ensuite, elle te reconduira elle-même à ta classe.

Je suis sorti. La portière s'est refermée. La voiture est repartie. Je la regarde tourner le coin de la rue Brodeur. Ensuite elle disparaît derrière l'hôtel de ville. Tout est accompli.

Chapitre 18

« Alice court avec René... »

Sensation étrange. Bouleversement continu. Pas la moindre accalmie en vue sur des milliers de kilomètres. La peur est remontée. Elle flotte en surface. Les eaux noires écument. Personnalité défigurée au vitriol, je ne suis plus que l'ombre de moi-même.

Comme convenu, Madame Penfield est venue me reconduire jusqu'à mon pupitre en me tenant le bras sous l'aisselle, sa clef à molette réglée au plus serré pour les criminels de guerre et les tueurs de nouveau-nés. Elle m'assoit à ma place comme si elle voulait me coller le cul sur ma chaise jusqu'aux grandes vacances. Pendant ce temps-là, Madame Chavagnac n'ose même pas me regarder. Elle poursuit son cours de français comme si Alice et René faisaient partie de sa propre famille. Des enfants modèles !

Les plus gros mauvais coups qu'ont pu faire ces deux imbéciles en quatre mois de classe consistent à lancer le ballon au milieu de l'étang ou à donner leur tartine de confiture à Bijou, le clébard demeuré. Tandis que moi, avec mon vol de quarante dollars, c'est tellement inimaginable que j'en ai pour dix ans avant d'oser cracher par terre. Mais qu'est-ce qu'ils croient tous ? Que je vais m'étaler dans le repentir comme une nappe d'huile sur l'Adriatique ?

Je n'ose plus lever la main pour aller pisser, c'est entendu. Madame Penfield m'a bien expliqué que, si je désirais aller aux toilettes pendant la classe, on viendrait d'abord la chercher pour qu'elle m'accompagne et qu'elle écouterait attentivement afin d'être sûre que du pipi coulerait bien dans la cuvette. Pour vous couper une envie de pisser, il n'y a rien de mieux.

Je dois foutre le feu à la bibliothèque le plus vite possible. Clarence ou pas Clarence. Il est impératif que je me fasse éjecter de cette école, sinon je vais franchement péter les plombs.

— Léon, mets tes lunettes. On va commencer la dictée.

Pendant quatre minutes, j'ai presque oublié la monture française. Mais ma maîtresse d'école est là pour me rappeler l'immense étendue de mon mensonge. Me voilà reparti pour une migraine tropicale force cinq. Sitôt les verres sur le nez, je commence à sentir monter le vertige. Dans les premières minutes, la sensation est presque voluptueuse. Mais très vite la volupté fait place au mal de tête en trois étapes bien définies. D'abord, il y a une sensation d'écrasement qui part du dessus de la tête et descend jusqu'à l'arcade sourcilière. Ensuite, un point puissant et migraineux vient s'installer sournoisement entre les deux yeux. Il descend ensuite jusqu'aux narines, donnant l'impression qu'il va pulvériser tous les vaisseaux sanguins de l'appendice. Barrage sur la rivière Mingan, tous les bouleaux se rappellent. La troisième étape vient saisir la mâchoire, pour ensuite remonter derrière la tête. Ça devient alors un mal de bloc généralisé qui pousse le sujet au carnage, au meurtre, à la décapitation systématique du genre humain.

— Un dimanche à la campagne. Alice et René vont cueillir des fraises dans le jardin de grand-père. Le ciel est bleu et les oiseaux chantent. Bijou court dans le pré…

Je lève la main. La maîtresse me fusille du regard.

— Je ne me sens pas très bien, madame Chavagnac.

Je cherche désespérément une colline de Provence, un muret de pierre, l'ombre d'un cerisier, ne fût-ce qu'un brin de lavande dans toute l'immensité des yeux de ma maîtresse d'école.

— Tu te rassois. Tu prends ton crayon et tu fais ta dictée comme tous les autres. Je ne veux pas entendre un son. Sinon tu iras t'expliquer avec le principal. Tu m'as bien comprise, Léon Doré?

— Oui, madame Chavagnac, j'ai bien compris. Mais je crois quand même que je vais un peu m'évanouir sans le faire exprès.

— Ah non, Léon, tu ne recommences pas.

— J'ai peur que oui, madame Chava…

Mon front est allé heurter le pupitre, exactement comme si j'avais eu un ressort derrière la tête. Je n'ai pas réussi à détruire mes lunettes, mais j'ai modifié assez sérieusement le style français de la monture.

Je passe sous silence mon réveil à l'infirmerie, parce qu'il y a des limites à la redondance. Je peux seulement signaler que Madame Penfield n'a plus sa compassion docteur Bethune, mais donne plutôt dans le genre expéditif urgence-Hôtel-Dieu-heure-de-pointe. Elle m'a fait renifler du vinaigre et m'a foutu à la porte en me disant que je devais me rendre directement à la cafétéria; qu'elle viendrait me chercher sitôt après le lunch pour me reconduire à ma classe; qu'il m'était strictement défendu de quitter le périmètre immédiat de la cour d'école. Décidément, le ton a changé chez les autochtones. Mon père a dû faire des menaces de Cour suprême, de mise en examen générale, voire de licenciement. L'incendie de la bibliothèque risque de ne pas être suffisant. Il faudra opter pour les alertes à la bombe systématiques, revendiquées par le FLQ tous les quarts d'heure jusqu'à l'alerte nationale et à l'insurrection appréhendée.

Une fois dans la cour, je fonce dans la ruelle de la rue Brodeur. Épuisé, vide, proprement déchu, je m'écrase derrière une poubelle et m'efforce de reprendre mes esprits. Pourquoi suis-je moi? Je me pose la question. C'est une question époustouflante. Pourquoi suis-je moi? J'aimerais savoir, énormément. Il n'y a de réponse nulle part. Je ne suis pas habilité à la vie, c'est l'évidence. Il y a un défaut de fabrication, je reviens toujours au point de départ. Caché, dissous, analphabète, aplati derrière une poubelle, avec les choses qui sont pourries, vides, cassées, bonnes à jeter. Il y a une tringle à rideau toute tordue qui dépasse de la poubelle, pour mettre les points sur tous les *i* du monde entier.

La cloche de l'école sonne. Le son strident me rapetisse aux dimensions d'une coquerelle famélique. Je ne veux plus bouger. Je veux m'immobiliser jusqu'à l'évaporation complète. J'appuie la paume sur mes paupières et j'augmente la pression au maximum. Très vite, je commence à voir des explosions d'Hiroshima en rafales, des nuages épais en révolution sauvage. Derrière la ruelle, les enfants vont se mettre en rang pour rentrer en classe. Petit à petit, les hurlements deviennent des cris, ensuite des voix presque normales, puis des murmures, des chuchotements, et enfin le silence, le très grand silence de la paix.

Les élèves sont rentrés. La cour est vide. Les muscles de mon corps se détendent. Je m'aperçois à mon grand étonnement que je suis toujours en vie. Avant d'ouvrir les yeux, je relâche la pression. Des forêts incendiées font surface. Le sang bloqué reprend ses chemins familiers vers le cerveau. Quand j'ouvre les yeux, tout est en ordre.

Où aller? Je suis barré partout. Ce n'est pas que

j'aie une envie de faire du shopping ou que j'aie une attaque de glucose, seulement il commence à faire froid. Il pourrait même y avoir une petite neige mouillée dans l'après-midi. Mon dernier exercice d'immobilité pour disparaître dans le non-lieu derrière la poubelle m'a gelé les os jusqu'à la moelle. Il faut que je me réchauffe quelque part. Aller voir Roger au bowling, c'est une idée. « Je ne lui fermerai jamais la porte… » Je sais qu'il le pensait. Seulement il sera triste et mal à l'aise. Je ne veux pas que Roger soit triste et mal à l'aise. Mon intention est de prier Dieu si fort que Roger deviendra un pharaon, un roi soleil, un empereur d'Égypte.

Ma seule solution, c'est de changer de quartier, d'aller vers le nord dans la vieille ville, là où personne ne pensera à me chercher. Ma décision prise, j'active le pas pour réchauffer mes muscles. Il y a quand même quelque chose qui me turlupine. Je veux bien faire promenade dans la zone grise le cœur léger, mais je suis turlupiné de l'intérieur. J'ai le chausson qui me blesse, le doute qui me saisit. Oh ! pas grand-chose. Petit caillou dans le soulier. Mais ça me gâche mon insouciance. La question est toute simple. Pourquoi ma mère ne m'a-t-elle pas dénoncé ? Pourquoi m'a-t-elle laissé puiser dans son porte-monnaie comme s'il s'agissait d'un plat de dattes déposé sur une table. Il n'est plus question d'adhérer à l'hypothèse qu'elle ne s'est rendu compte de rien. Elle savait, et me laissait faire. Il ne peut plus y avoir de doute.

La question est grave. J'ai beau me triturer le cervelet, je n'arrive pas à comprendre le but de sa manœuvre. Le message est difficile à saisir. Est-ce que la deuxième étape consiste à piquer sa carte de crédit *Gold* et à entamer les procédures pour acheter un porte-avion? J'avoue que je suis hésitant. La colère de papa n'a strictement rien changé à mes cambriolages. Au contraire, j'ai augmenté la cadence. Parce qu'au départ, même si je me souviens plus ou moins des détails, je m'étais construit une morale blindée béton armé blockhaus allemand : je fais ça pour la cause, pour la justice, pour que cesse le carnage. Seulement j'ai perdu le fil quelque part en chemin, si bien que je ne me souviens plus de la cause, de la justice et du carnage en question ; probablement des enfants vietnamiens massacrés au bord d'une route, je ne suis sûr de rien.

Je ne comprends pas maman, je ne comprends pas du tout maman. Le monde glisse sous mes pieds. La planète fait de la chute libre et moi j'ai envie de quitter l'atmosphère. Je m'arrête au beau milieu de la rue parce que je suis stupéfait. Moi qui croyais à un petit caillou dans le soulier, il s'agit plutôt d'une poutre que j'ai dans l'œil. Ça traîne par terre, ça me défonce l'arcade. Je ne comprends pas jusqu'où il faut aller.

Chapitre 19

Après vingt minutes de marche active, j'arrive dans la vieille ville. Le quartier a des allures de tiers-monde. Les immeubles qui avaient sans doute eu, jadis, un certain cachet, ne sont plus que des vestiges délabrés d'une classe sociale qui a naïvement voulu rester moyenne. Quand la crise est arrivée, ils ont tout pris dans la gueule, les toilettes se sont bouchées et ils se sont retrouvés à vivre à vingt-cinq dans un trois-pièces en papier mâché. De toute façon, comme dit Phonse, « la misère, quand elle n'est pas sous les tropiques, 40° à l'ombre, on la voit pas ». L'hiver, ça tue la malaria et ça garde le pauvre à l'intérieur juché sur son escabeau. Ça tricote des caleçons et ça lit des romans-photos. Ça ne dit jamais un mot, pour économiser sa salive, et surtout ça pense, tout joyeux, que c'est pire ailleurs. En général, on se garde bien de lui dire le contraire.

J'arrive devant la petite place Saint-Matthieu, il y a deux grands chênes tricentenaires qui se foutent complètement de la misère du quartier. Au centre, il y a aussi une touffe de bouleaux pleureurs faméliques et déprimés qui eux, par contre, témoignent fidèlement de l'environnement général. Ils arrivent à peine à jeter une ombre sur la fontaine à moitié démolie, bouchée et remplie de feuilles mortes.

Il y trois commerces autour de la place, le resto chinois, un trou qui sert de la cuisine américaine, le dépanneur Chez Pigeon qui a encore des boîtes de Corn Flakes de 1954 sur les comptoirs, et le poste de taxi Paillette avec sa flotte de vieux Bel-Air pourris : on va se fendre la gueule comme c'est pas permis dans la vieille ville. Sans conviction aucune, je me dirige lentement vers le Shanghai Café, en pensant à l'énorme déception que j'aurai en ouvrant la porte. Pour m'aider à franchir l'étape, une pluie glacée qui vous transperce le parka jusqu'à la moelle commence à tomber dru comme si un imbécile avait ouvert la douche.

Il fallait trouver un mensonge avant d'entrer. Pas question d'improviser dans le secteur. Il me faut un mensonge simple, efficace, bien construit, avec de la marge de manœuvre, du mouvement. Un mensonge positif qui détende l'atmosphère. Mais j'ai l'imagination en rade, c'est un épuisement cérébral dû à l'énorme quantité de mensonges déjà en place. Je ne retrouve plus mon enfance, ma jeunesse, mon innocence, j'ai l'impression d'avoir cinquante ans. Jésus est mort, Gandhi est mort, et moi je ne me sens pas très bien. Il ne faut pas que j'oublie que je suis un enfant de onze ans et demi. Ma présence ici est aussi naturelle que celle d'une baleine à bosse dans un salon de coiffure. Prudence, prudence. Quand j'ouvre la porte du resto, je suis étonné de voir autant de monde ; c'est le festival des camionneurs, y a pas une table de libre, et les douze tabourets du long comptoir sont occupés par de grosses fesses d'hommes avec la craque qui dépasse. Je suis fasciné, c'est une vision de répertoire. Les craques de fesses allégoriques, alignées pour la parade. Ému, je me dirige vers le fond de la salle où j'ai repéré une cabine téléphonique.

Je dépose dix sous dans l'appareil, compose un numéro fictif et me lance dans une interminable conversation dans laquelle j'explique ma situation. Les trois ou quatre personnes qui m'entendent malgré eux comprennent clairement que j'ai raté mon autobus et que mon frère aîné de vingt-deux ans, responsable et détenteur d'un permis de conduire, va venir me chercher dans une heure, peut-être deux, parce qu'il doit passer avant chez son agent de probation pour son test d'urine. Je dis ça pour mettre tout le monde à l'aise et détendre l'atmosphère. Entre voyous, on ne fait pas de chichis.

— Un chocolat chaud, s'il vous plaît.

Le propriétaire me regarde dans le vague. Il se demande encore comment il doit considérer la demande.

— Tu n'as pas d'école aujourd'hui, mon garçon ?

qu'il me dit avec un accent bridé, Tintin Lotus bleu. Peut être qu'il a une seringue derrière le dos avec du poison qui rend fou.

— Bien sur que oui que j'ai de l'école.

— Ah bon! alors

Ah bon, alors! il dit. Ah bon, alors! mais il reste cloué sur son lino pourri. Il n'est pas convaincu.

— Pensionnaire à Bosco, vous savez, l'école de réforme. Je suis revenu pour mon rendez-vous à l'hôpital. Ils vont changer la plaque de métal que j'ai dans le genou. Un accident de voiture. Le docteur a promis que c'est la dernière fois. Ça fait huit opérations que j'ai. Vous croyez qu'il dit la vérité?

— Euh… peut-être, oui peut-être. Ça doit, ça doit.

— Vous voulez toucher ma plaque, monsieur?

— Non, non.

— Vous pourriez me mettre une guimauve dans mon chocolat chaud, s'il vous plaît?

Ce n'était pas plus compliqué. Y a rien comme une opération pour mettre le monde à l'aise. Après deux chocolats et une soupe Won Ton, je me sens tout à fait chez moi au Shanghai Café. Cette capacité d'adaptation est une seconde nature. Ce n'est pas seulement que je m'adapte, non: je me moule, je me fonds, je me conjugue et je m'anéantis dans les autres. Je dis ce qu'ils veulent entendre, et j'entends ce qu'ils ne disent pas. Je me symbiose avec la masse. Je suis l'interlocuteur idéal. D'une certaine façon, ma vulnérabilité quasi totale me rend pratiquement invincible.

— Eh! petit, tu connais la vie des bêtes?

— Pardon?

— Je te demande si tu connais la vie des bêtes.

L'homme qui me parle ressemble à une grenouille visqueuse qui, dans son adolescence, aurait eu de graves problèmes d'acné. Sa peau grasse et crevassée ressemble à la surface lunaire. Le blanc de ses yeux est tellement jaune que je n'arrive pas à déterminer la couleur exacte de l'iris. À sa main droite brille une chevalière de platine, avec deux P majuscules sertis de zircon rosé.

— Je connais la vie de certaines bêtes, comme l'ours noir, et aussi le tapir mangeur de fourmis. Pourquoi?

— Je dis ça parce que, si ça t'intéresse d'en apprendre davantage sur la reproduction des mammifères, dans mon garage, je présente un petit film huit millimètres, tourné à Saigon. Et le plus incroyable dans l'affaire, c'est que ça ne coûte que deux dollars la séance, un prix d'ami.

— De quels animaux ça parle, votre film?

— De la bête humaine, mon garçon. Du jamais vu. De l'illicite. C'est moi, Paul-Émile Portillon, qui te le garantis personnellement, sinon remboursement intégral.

— Et ça commence à quelle heure votre film?

Paul-Émile Portillon fait un grand sourire radieux.

— Ça commence quand tu veux, mon garçon. C'est toi qui décides. Je te garantis que tu vas en avoir pour ton argent.

Monsieur Portillon me chuchote à l'oreille que, comme il s'agit d'une projection exclusive hautement convoitée vu l'intensité ethnologique des images, il serait plus sage qu'on ne nous voie pas sortir ensemble, ça pourrait faire des jaloux. On convient de se rejoindre dans la ruelle exactement cinq minutes après son départ. *La vie qui bat, Daktari* et *Jim la Jungle* sont mes programmes télé préférés. La semaine dernière, j'ai même regardé un documentaire sur les tapirs africains mangeurs de fourmis. Ça m'a tué. Je donnerais ma bicyclette et mes patins à roulettes pour avoir un tapir à moi. Y en a qui aiment les chats, les chiens ou les perruches ; moi j'aime les tapirs africains, mangeurs de fourmis.

Dehors, la pluie a cessé mais le vent est furieux. La vieille ville hurle et gémit en craquant de tout côté.

Dans la ruelle, Monsieur Portillon m'accueille comme l'enfant prodigue de retour de Sibérie.

— Viens, viens, mon petit, c'est par ici, juste à côté.

Je pense à Pinocchio. Je ne sais pas pourquoi, mais je pense intensément à Pinocchio. La situation m'échappe, je perds le contrôle. Tous mes sens me disent : « Barre-toi dare-dare, décampe, fous le camp, change de cap, va jouer ailleurs. » Mais une sorte de mollesse écœurante me fait prendre la grosse main pâteuse que ce vieux crapaud galeux me tend avec une innocence répugnante. Seulement voilà : on vole des billets de vingt dollars dans le sac à main de sa mère, on se croit fort, on s'invente des théories de super héros, et à la première occasion, on va se jeter dans la gueule du loup sans aucune espèce de résistance. Je suis écœuré de moi-même. Main dans la main, comme si c'était mon oncle d'Amérique aux poches remplies de bonbons, monsieur Portillon et moi on s'enfonce d'un pas pressé dans un affreux bidonville, sur le boulevard de la misère humaine. On se croirait dans la banlieue de Port-au-Prince.

— Tu vas voir, mon garage, de l'extérieur, ça paie pas de mine.

Je n'avais pas de difficulté à le croire. Y avait pas grand-chose dans le secteur qui pouvait se payer une mine, même une vieille mine de crayon pourrie.

— Mais à l'intérieur mon garçon, j'ai pas lésiné sur les détails. Bagdad, *Les Mille et Une Nuits,* mais style western, inspiration ranch à Willy, si tu vois ce que je veux dire.

Je ne voyais pas du tout.

Dix minutes plus tard, on arrive devant le garage de monsieur Portillon. L'édifice ressemble à un amas de tôles ondulées construit par un malade mental.

La porte du garage est barrée par un cadenas anti-bombe, acier inoxydable, tout neuf, brillant comme du chrome. Ça me fout un cafard force dix à l'escabeau de Richter. Je veux me mettre à courir, mais j'ai les jambes en caramel mou. Je suis hypnotisé. J'ai la personnalité à zéro. Une loque humaine. J'ai peur. Très peur. Une peur qui pulvérise toute forme d'initiative. Monsieur Portillon a compris depuis déjà un moment qu'il me tient en son pouvoir. Le ton de sa voix a changé. Il est devenu autoritaire, vulgaire et sûr de lui.

— Le quartier est plein de cette saleté de voleurs. Deux fois ces salauds m'ont vidé mon garage. Maintenant ils peuvent toujours essayer.

La clé pénètre dans le cadenas. J'entends le sourd déclic du boîtier qui descend d'un centimètre. Au même moment, l'espoir s'envole comme une feuille morte balayée par le vent mauvais. Il est encore temps de courir. Il est encore temps de frapper, de se révolter. Mais je ne fais rien.

Il y a un prix pour tout. Je suis un voleur de petit chemin, un menteur pathologique, un mythomane ridicule avec mes lunettes à trois étages et mon argent plein les poches. Portillon n'est rien d'autre que la sentence, le verdict, la punition. Je suis condamné à le suivre. Il n'y a rien au monde de plus cruel, de plus terrible que ce que l'on s'inflige à soi-même.

Une chaleur intense, comme dans un four, une chaleur sèche qui donne envie de boire quatre verres d'eau de suite. C'est la première sensation que j'éprouve en pénétrant dans la pièce. Au début, je pense que c'est la peur qui me fait transpirer, mais très vite je me rends compte que l'endroit est chauffé à bloc par deux énormes ventilateurs munis d'éléments en spirale, rougis comme des grille-pain géants pour les toasts à Goliath.

— Mets-toi à l'aise, mon garçon, ici on peut se promener tout nu si on veut.

Ah! Ah! Ah!

Il ne fait plus dans la dentelle, le Portillon. Je le vois venir gros comme un pétrolier en tutu de ballerine.

Mais j'enlève quand même mon parka et mon écharpe. Allez savoir !

Le sol est recouvert d'une moquette flamant rose qui donne envie de jouer à la poupée ou de s'ouvrir les veines, au choix. Le mobilier est constitué de trois banquettes de voiture vissées à même le plancher et d'une table à café ovale sur laquelle trône un gros cendrier en vitre noire, rempli à craquer de mégots de cigarettes mentol qui dégagent une odeur de four crématoire. Il n'y a aucune fenêtre, la seule lumière provient d'un lustre de style gâteau de noce, pendu au plafond. L'ambiance est mortelle !

— La séance va commencer dans deux minutes. Installe-toi, prends tes aises. Tu es ici chez toi, mon garçon.

Il est tout excité, le Portillon. Des gouttes de sueur perlent sur ses tempes. Ses grosses mains pâteuses ne tiennent plus en place. Il fait cinq choses à la fois : se sert un whisky en même temps qu'il déroule son écran de cinéma, il s'allume une cigarette mentol, tamise son gâteau de noce pendu au plafond et installe une bobine de film sur son projecteur. Ensuite, il disparaît derrière un paravent. Sa voix qui n'a plus rien de naturel passe de l'aigu au grave. Les mots s'enchaînent très vite ou avec une extrême lenteur. J'ai l'impression qu'il va péter les plombs.

— J'enfile quelque chose de plus confortable et

j'arrive. Je vais te préparer un jus de fruit tropical pour te mettre dans l'ambiance. C'est l'aventure, mon enfant, l'aventure et le mystère. Tu vas voir que je tiens mes promesses.

Quand Portillon ressort de son réduit à coquerelle, il porte pour tout vêtement un kimono de soie noire avec un dragon rouge qui lui crache du feu dans le dos. Moi, je fais exactement comme si je voyais des gros en kimono tous les jours. Je fais aucun commentaire. Ça ne me regarde pas.

On s'installe dans une banquette de Malibu en velours turquoise, avec une frange de pompons assortis en bordure. Monsieur Portillon actionne son projecteur : 5, 4, 3, 2, 1. Une jeune fille asiatique se fait sodomiser par un militaire déchaîné pendant qu'un homme déguisé en Père Noël se fait sucer la bite par le même militaire qui combine les deux actions avec une dextérité étonnante. Après un moment assez court, une deuxième jeune fille vient sodomiser le Père Noël, munie d'un énorme pénis en plastique translucide. La scène se passe au milieu d'un poulailler ; la volaille, passablement hystérique, fait des incursions sporadiques dans la mêlée. Le Père Noël, visiblement contrarié, empoigne un des volatiles par le cou et, à l'aide d'un long couteau d'explorateur de la jungle, lui tranche la tête. Le sang gicle partout, ce qui semble produire un orgasme général dans l'assemblée. La vie des bêtes, c'est épuisant.

Je n'étais pas préparé à voir des choses comme ça. Je me doutais bien que Portillon allait me passer un truc porno, mais les *Cent vingt journées de Sodome* dans la basse-cour, décidément non, non et non. Il faut que je me tire de ce trou à rat au plus pressé. Tout à coup, je ne sais pour quelle raison exactement, Portillon se met à commenter le film en toute franchise, comme s'il s'agissait du septième art.

— Il y a trois filles et leur mère. Après le potager, une scène magnifique dans la porcherie. Ensuite on se déplace dans la bergerie avec les boucs. Après, c'est le grand finale, dans l'étable, avec deux étalons arabes de toute beauté : tu vas te régaler. C'est du petit budget, je te l'accorde, mais l'histoire est inspirée d'un grand auteur français.

— C'est très intéressant, mais je crois que mon frère ne va pas tarder. Il faudrait peut-être mieux que je retourne au café. S'il ne me voit pas, il va s'inquiéter.

— Bien sûr, ton grand frère de vingt-deux ans qui a un permis de conduire.

— Oui. Celui-là.

— Bois au moins une gorgée de ton jus de fruit, c'est plein de vitamines.

— Je n'ai pas très soif.

— Bois quand même.

C'est un ton sans équivoque du genre : bois ou ça va mal se passer. Alors je bois parce que plus con que moi, tu meurs.

Je me rends compte que je suis assoiffé. Le jus est glacé. Il a un goût de banane et d'orange. Je suis bien obligé d'admettre qu'il est délicieux. Je vide mon verre d'une traite, sous le regard émerveillé du cinéphile.

— Alors, ça fait du bien ?

— Oui

— Tu vas te sentir beaucoup mieux. C'est un petit cocktail miracle aux fruits de la passion.

Me sentir mieux, personnellement, je n'ai rien contre. Je commence plutôt à ne rien sentir du tout. Puis une sorte de légèreté délicieuse… Je glisse dans le brouillard de l'indifférence. Physiquement, je ressens un bien-être presque total, une volupté somptueuse probablement réservée aux adultes. Il est sans doute interdit aux enfants d'avoir de telles sensations. Pendant ce temps-là, les trois filles de leur mère poursuivent la visite des bâtiments de la ferme. C'est la joyeuse farandole. Aglaé et Sidonie, Saturnin et Bobinette, Capucine et Monsieur Blanc. Moi, je me concentre sur les détails. Comme une mouche qui se promène sur un morceau de peau, une chèvre qui batifole à l'arrière-plan, la clôture du jardinet qui branle dans le vent. Ça ne sert à rien de regarder l'ensemble de la scène, ce sont des choses qui ne me concernent pas.

À un moment, j'ai décidé de fermer les yeux et de sombrer profondément dans un sommeil léger. Un sommeil en bordure de la folie, aux limites du raisonnable. Une multitude de rêves successifs chevauche les grandes étendues de mon esprit. Je vois Clarence qui court dans un champ de maïs et ma mère qui la poursuit avec le couteau de cuisine. Je vois mon père qui lutte contre la peine de mort, le gros dossier de l'affaire Moffin sous le bras. Je vois le Vietnam incendié au napalm et le troisième degré de la brûlure. Pendant ce temps, la main de Portillon pénètre doucement dans mon pantalon. Je sais bien ce qu'il fait. Les yeux fermés, je suis vitrifié. Ce n'est ni du dégoût, ni du rejet, ni de la peur, mais une profonde indifférence doublée d'une incroyable inertie. Comment expliquer ce qui se passe, il n'y a pas de mot pour ces choses-là, pas encore. Il n'y a même pas de lieu. Je pourrais être ailleurs. Ça vient de nulle part, de l'imprévisible, une équation qu'on n'avait pas encore faite mais qui s'accomplit depuis la nuit des temps. Une main pâteuse, une chevalière en or, une goutte de sueur qui descend le long d'une tempe rougie, une haleine de décharge publique. Ce n'est pas plus compliqué. C'est la part de l'ange qui se brise, sans bruit, sans révolte et pour toujours. Crime de lèse-majesté. Mais comment dire, il se déroule avec une banalité si totale, si absolue qu'il est impossible d'en mesurer les répercussions : il faut cent ans pour comprendre le mal, il faut mille ans pour l'accepter. Il n'y a pas de quoi en faire toute une histoire, ça se passe tous les jours, à chaque seconde, comme la mort ou la naissance.

Les choses ne sont peut-être pas allées bien loin. Je me laisse le bénéfice du doute. J'ai fini par articuler que mon père était Philippe Doré l'avocat et que, peut-être, il avait une autre idée du déroulement de mon éducation.

Ça l'a beaucoup refroidie, la grosse morue. Je me suis retrouvé dans la rue.

La pluie s'est changée en neige. De gros flocons mouillés s'écrasent sur le sol et disparaissent aussitôt, avalés par les pores de la chaussée. Il y a beaucoup de choses que je ne comprends pas. D'abord, j'arrive à peine à me souvenir de ce qui vient de se passer. Ensuite, une chose est sûre, je n'ai plus maintenant qu'une seule jambe dans mon caleçon ; l'autre est à l'extérieur. Ça me terrorise. Il y a un frottement qui m'irrite l'entrejambe. Et pour finir, je ne sais plus où je suis, ni dans quelle direction se trouve l'école. Je m'enfonce dans des régions préfabriquées : les maisons se ressemblent toutes, par-delà les limites du possible. Même les arbres et les bosquets sont plantés à la même place. Une sorte de clonage résidentiel affolant qui s'étend à perte de vue, même l'horizon est préfini. Il y a une petite fille qui joue dans une flaque d'eau, elle tient par les cheveux une poupée blondasse qui n'a plus de jambe gauche. Une lutte terrible s'engage dans mon esprit : je ne veux pas craquer, je n'y tiens pas du tout. Pas maintenant, pas là. Plus tard, dans une demi-heure, dans cinq minutes, dans une minute même, mais pas juste là. Je voudrais, mon-Dieu-tout-puissant, béni-entre-toutes-les-femmes, je voudrais avoir le temps de me retourner et de courir un peu. Mais c'est pas possible, je m'écroule au milieu de la route, pas un peu sur le côté, non, en plein centre, comme dans une tragédie grecque. Déjà, je vois une femme courir vers moi. Je me rends à peine compte que je suis en pleine crise d'hystérie, que je hurle dans la rue comme si je venais de me faire écraser une jambe par un camion de voirie. La femme se penche sur moi et commence à m'examiner sur toutes les coutures, sa main douce et rapide parcourt mon corps.

— Où tu as mal mon garçon ? Où tu as mal, dis-moi où tu as mal ?

Je ne réponds pas parce que je ne sais pas ou j'ai mal.

— Dieu soit loué, tu n'as rien mon garçon.

Ça m'a guéri immédiatement, formule magique, parce que si on se met à louer Dieu spécialement pour moi, y a pas de raison de faire la gueule. On m'a assis dans une cuisine avec un verre de lait, je suis tranquille je regarde par la fenêtre. Au bout d'un instant y a maman qui arrive en catastrophe. Elle gare la Parisienne à moitié sur la pelouse de la dame. Elle sort du véhicule sans même en fermer la portière et ensuite elle pique un marathon jusqu'à la porte d'entrée. Un ange traverse le plafond de la cuisine sans faire aucun bruit, on entend une rafale de ding, dong hystériques, nous quittons les lieux en quatrième vitesse. Dans la bagnole maman est nerveuse, elle conduit avec un style drame de la route.

— Qu'est-ce qui s'est passé Léon, allons réponds-moi ? Qu'est-ce que tu fabriquais dans cette maison, la dame m'a dit qu'elle t'avait trouvé au milieu de la rue ? Qu'est-ce qui s'est passé ?

Si je lui raconte que j'ai passé l'après-midi à me faire peloter par un vieux saligot en regardant les trois filles de leur mère partouzer dans la basse-cour, on va se fracasser sur le trottoir, peut-être même contre un lampadaire.

— Tu peux me dire la vérité Léon.

— Je me suis fait poursuivre par des grands qui

voulaient me péter la gueule en sang et briser mes lunettes, alors j'ai couru de toutes mes forces sans regarder derrière, au bout d'un moment ça m'a perdu je savais plus où j'étais.

— Qui sont ces grands?

— Ce sont des grands que personne ne connaît, ils viennent d'une autre école.

Maman avale mon histoire sans aucun problème. Elle ne veut pas de détails pourvu que les choses soient plausibles et les conséquences pas trop graves, c'est tout ce qu'elle demande. Je sens une légère détente dans la conduite du véhicule. Nous rentrons à la maison par le chemin de la rivière, plus d'école pour moi aujourd'hui, on rentre. Je devrais être content d'avoir de petites vacances mais je n'arrive pas à me détendre, parce que si maman avale mon histoire comme de la crème caramel, papa lui n'en croira pas un mot. Pour passer le temps je compte les poissons morts qui flottent sur les eaux grises du Richelieu. Depuis quinze ans que la CIL jette ses cochonneries chimiques dedans, c'est plus une rivière, c'est une grande bassine pour développer des photos couleur.

— Ton père est parti à Ottawa pour la semaine, déclare maman sur un ton carnaval de Rio début des festivités.

Je comprends très vite que personne ne sera mis au courant de ma petite virée dans le Chinatown.

— Tu vois, Léon, avec ton père, ce n'est pas le moment de rajouter de l'huile sur le feu, il parle déjà de t'envoyer au mont Saint-Antoine, ce vieux réactionnaire, mais ne t'en fais pas, mon petit, ta mère est là pour te protéger de cet imbécile. Sois tranquille, tu n'iras nulle part.

C'est toujours agréable de voir se manifester la grande symbiose qui existe entre mes parents.

— Ce sera notre petit secret à nous deux, mon chéri.

— D'accord, maman.

Ce jour-là vers cinq heures et demie j'ai attrapé la grippe de Hong Kong. Je reste à la maison toute la semaine à me faire dorloter, on fait le plus grand cas de ma maladie, surtout maman. Beaucoup de gens mouraient de la grippe de Hong Kong, mais moi avec ma constitution au jus de carotte et aux gélules de foie de morue, j'ai survécu sans problème. Cette longue semaine de repos total dans le calme de ma chambre avec ma pile de Tintin et mon gallon de crème glacée m'a fait le plus grand bien. J'en profite pour élaborer le plan d'attaque infaillible qui me permettra de reconquérir Clarence une fois pour toutes, amen.

Ça sert à rien de vouloir se souvenir des choses malpropres, je veux dire des cochonneries. Je suis comme papa, je suis d'accord qu'il vaut mieux oublier le plus vite possible, seulement la nuit dernière j'ai rêvé des trois filles de leur mère dans la basse-cour, j'ai aussi rêvé de la chevalière en or, je disais non non non, comme un imbécile, et puis je me suis réveillé tout en sueur. On ne peut pas tout avoir dans la vie.

Chapitre 20

Quand papa est rentré d'Ottawa, mercredi soir, il a trouvé que j'allais parfaitement mieux. Jeudi matin, retour à la case départ dans la cour de récréation.

Clarence est continuellement entourée d'un troupeau de garçonnets insignifiants qui ne la lâchent pas d'une semelle. Elle leur fait faire ses quatre volontés et eux, ils courent partout autour d'elle, dindons affolés, promus à des missions absurdes qu'ils accomplissent avec une soumission écœurante.

Quand finalement je me décide à m'approcher, le troupeau s'écarte doucement sur mon passage. Silence dans la basse-cour. Ce n'est pas de la peur que je leur inspire, mais une sorte de répugnance, comme si j'avais le corps couvert de plaies purulentes, un foyer d'infection ambulant. Ils n'osent pas me lancer des pierres à cause de la bataille avec Raton, et surtout à cause de la disparition de Lefebvre. Les spéculations à ce sujet ont pris des proportions délirantes.

Quand mes yeux rencontrent ceux de Clarence, je comprends immédiatement qu'elle n'a pas fait bouger d'un iota la chaîne de montagnes sibériennes qu'elle avait mise entre nous. Son regard est d'une telle froideur que mon sang se glace dans mes veines. Je ne comprends pas comment mes jambes parviennent à me supporter.

Plus que tout au monde, Clarence me fait peur. Une peur complète et totale qui enveloppe chaque particule de mon corps. Elle peut me tuer avec une phrase, un mot, un soupir. Une mort pire que toutes les morts parce que, bien que tout soit pulvérisé à jamais et pour toujours, on continue de vivre, mais avec rien à l'intérieur. Il ne reste que le néant pour maintenir l'idée vague d'une enveloppe charnelle. C'est dire à quel point c'est pas le confort.

Elle m'avait déjà tué plusieurs fois par le passé, les souvenirs en sont restés bien vivants dans ma mémoire. Il y a des limites à mourir, on finit par développer des anticorps très puissants.

Arrivé devant Clarence, je me sens solide comme un château de cartes de cinq étages.

— Salut, Clarence ! J'ai un cadeau pour toi…

Elle ne bouge pas. Aucun son ne sort de sa bouche. Elle adore recevoir des cadeaux : c'est sans doute pour cette raison que j'ai cru voir une lueur passer dans ses yeux. Je lui tends un énorme sac de toile. Elle ne fait aucun geste pour le prendre. Les dindons des alentours demeurent silencieux, suspendus à ses lèvres magnifiques que j'ai déjà embrassées un an plus tôt, dans une autre vie.

Je ne suis qu'un enfant, mais l'amour que je ressens pour Clarence a dix millions d'années. Il est né de la fusion première, au commencement du monde, il a son chapitre dans la Genèse. Vous ne pouvez pas comprendre. Elle non plus d'ailleurs.

Je retourne tranquillement mon sac de toile et en vide le contenu aux pieds de Clarence. La quantité fabuleuse de gommes balounes, de poupées Barbie, de robes Chanel, de tailleurs Guci et d'accessoires de toutes sortes suscite un murmure d'émerveillement dans l'assistance, les pieds adorables disparaissent sous l'abondance. Elle ne bouge toujours pas. Sa pensée fugitive fait un bond dans la préhistoire. Pendant un instant, j'ai la certitude absolue qu'elle ressent avec moi l'immense vertige de la nuit des temps.

Je crois un moment, une fraction de seconde éternelle, qu'elle redevient comme avant, au commencement de tout.

Au début, c'est à peine perceptible : de sourds battements d'ivoire qui s'entrechoquent dans l'épaisseur d'une forêt vierge, et puis ça devient un son, une voix en rafale, une demi-note stridente, se répétant de plus en plus fort, comme si l'on insistait avec acharnement sur une indication absurde.

Clarence rit ! Elle rit comme si elle ne pouvait plus s'arrêter. Comme s'il s'agissait de la chose la plus comique au monde. Mais je sais qu'elle va s'arrêter. Il n'y a pas une once de joie, pas une fraction de bonheur dans son rire. Tout à coup, elle s'arrête net, comme je l'avais prévu.

— Tu es complètement fou, Léon Doré. Tu crois que ça m'intéresse, tes gommes balounes, tes Barbies et tes bonbons à un sou? Tu crois peut-être qu'il te suffit d'apparaître pour qu'on parte en balade? Tu crois peut-être que ça m'intéresse, pauvre imbécile?

Elle crie maintenant. Elle hurle dans mes oreilles :

— Ne m'approche plus jamais, Léon Doré. À cause de toi, la police est venue dans ma maison. À cause de toi, on m'a fait voir un psychologue. Tu es un menteur et un voleur.

Elle se met à pleurer, puis elle part en courant, pendant que derrière elle le troupeau se jette frénétiquement sur le trésor fabuleux, se remplissant les poches dans des hurlements frénétiques.

Tout cela se passe sous le dernier soleil de novembre. Ça ne s'est pas trop mal passé. On n'a pas dialogué beaucoup mais une image vaut mille mots. Je suis mort.

Chapitre 21

En traversant la cour en direction du bowling, je sens à chaque pas franchi s'effacer le monde derrière moi. Cour, école, cloches. Alice, René, Chavagnac, Penfield. Le trio, le quartet, le duo. Les pédérastes avec leurs jus de fruits. Le ciel, les nuages, le gazon mouillé, le caveau de famille, la poussière des morts et le parfum des vivants. Arrivé au seuil de l'établissement, il ne reste plus rien.

Roger me regarde franchir la porte d'entrée sans remarquer que tout a disparu.

— Salut, Léon. Alors, quoi de neuf, mon garçon?

— Rien, Roger. Tout est franchement usagé. Même que ça tombe en ruine. Je suis venu pinner la 14 pour la pratique des vétérans.

Tous les jours à deux heures trente, le club de bowling des pompiers de Beloeil, qu'on appelle « les

173

vétérans », vient faire une heure d'entraînement en vue du grand tournoi qui se tient à Cincinnati au mois de décembre prochain. Ils sont toujours à la recherche d'un pinneur volontaire, qui pinne pour la cause. La cause, je ne sais pas ce que c'est exactement : des dindes de Noël qu'ils donnent aux pauvres en janvier, ou un truc comme ça. Il y a même un petit écriteau à l'entrée du bowling : « Venez pinner pour la cause. Les vétérans vous attendent tous les jours de deux heures trente à trois heures trente. » Ça ne vous donne pas l'envie furieuse d'aller pinner, mais pour ceux qui veulent soulager leur conscience avec des dindes avariées pour les pauvres du mois de janvier, ça peut aider, une petite heure de pinne.

Je voulais pinner la 14, parce que c'est l'allée fétiche de Sylvio Cyr, le meilleur joueur de la Rive-Sud, l'étalon de Saint-Hyacinthe, un vrai pro. Il utilise une boule Brunswick de seize livres, atteignant une vitesse au lancer de vingt-sept milles à l'heure. Un vrai boulet de canon !

Les vétérans rentrent au bowling à deux heures vingt-cinq exactement. Je suis déjà dans le box à placer mes quilles. Pour les ignorants qui ne savent pas pinner, je précise que le travail est assez simple. Il suffit d'actionner une pédale avec le pied pour faire sortir des pinnes du plancher. Ensuite, on n'a qu'à placer les quilles qui sont trouées sur les pinnes. Après, on lâche la pédale, les pinnes rentrent dans le plancher et les quilles tiennent toutes seules. Ce n'est pas un travail bien compliqué et tout le monde s'entend pour dire que les pinneurs de carrière ne sont pas des lumières qui brillent au firmament de l'initiative personnelle.

Au fond du box, je découvre un mégot de Malboro pratiquement neuf et, juste à côté, un dix-onces de brandy à moitié plein. Je vois ça comme un présage et je prends d'abord une bonne rasade qui me décape la trachée, puis j'allume la Malboro. Je fume tranquillement la plus importante cigarette de ma vie. Au bout d'une minute, l'allée 14 s'illumine. Le spectacle va bientôt commencer, mais moi j'ai le temps. Je fume ma cigarette. Au bout de l'allée, je vois la silhouette féline du grand Sylvio qui fait reluire sa Brunswick.

Dans le monde merveilleux du bowling, il y a, comme ailleurs, des joueurs exceptionnels, touchés par la grâce, des légendes. Sylvio Cyr est de ceux-là. Son style est spectaculaire et foudroyant. C'est hallucinant de le voir jouer. Plus sa boule est rapide et plus son tir est précis. Chez les amateurs, il a fracassé tous les records de la province. Il n'est jamais devenu professionnel, même si cela lui aurait rapporté sans doute beaucoup d'argent. Sylvio Cyr n'a jamais sauté la clôture, parce qu'avant tout il était pompier et que, pour rien au monde, il n'aurait voulu être autre chose. Il y a comme ça des gens heureux, avec un bonheur simple. La simplicité même de ce bonheur fait sa force. La formidable puissance de la boule de Sylvio et la précision quasi métaphysique de son tir ne sont rien d'autre, en réalité, que l'expression de sa profonde joie de vivre.

J'écrase la Malboro et je vide le flacon. Maintenant, tout est en place. Il ne reste plus qu'à attendre la réserve sur la quatre. Car, pour mener à bien mon projet, il faut la réserve. La quille numéro quatre se trouve en plein centre de la dernière rangée. Il arrive parfois que toutes les quilles tombent sauf la quatre. Ce qui aurait pu être un abat devient alors une malheureuse réserve, triste et frustrante, parce que l'une des plus faciles à réussir. Le joueur alors, dans un emportement légitime et contrôlé, peut se permettre de lancer sa boule de toutes ses forces pour aller pulvériser la récalcitrante. Le coup est facile et spectaculaire, en plus de donner l'occasion au joueur d'affirmer sa personnalité.

Dix minutes après le début de la partie, la conjoncture funeste se réalise. Sylvio Cyr, l'Églantine d'or de Cincinnati, trois fois champion de la coupe et chef des pompiers de Belœil, joue la réserve sur la quatre.

Adieu le vent, la mer et Clarence. Adieu, monde cruel.

Je me couche au fond du box et, doucement, je fais sortir mon front et mes deux yeux juste derrière la quatre. Mon champ de vision est hallucinant. Je vois l'allée de quilles comme si j'étais couché sur la piste d'un porte-avion. Tout au bout, le grand Sylvio, resplendissant et magnifique, se concentre pour aller pulvériser l'impertinente qui ose encore se tenir debout. Tout est calme et silencieux, il n'y a aucun chien dans le jeu de quilles. Il n'y a que le cerveau épuisé d'un enfant malfaiteur.

Au moment où Sylvio décoche son tir et que la Brunswick seize livres marbrée noir et blanc roule sur l'allée vernie, le temps s'arrête. Et c'est ma vie qui roule et se déroule dans ma tête. Déjà tout se fragmente en mille morceaux. Des événements du passé apparaissent en trombe sans rapport les uns avec les autres, comme si je devais tout comprendre et tout réaliser en même temps. C'est impossible, ça roule trop vite à vingt-sept milles à l'heure. L'impact est inévitable avant l'équation finale, avant de comprendre, avant que je comprenne, avant que j'apprenne enfin quelque chose, une seule fois dans ma vie. Ensuite, on pourra éteindre la lumière, je n'aurai pas peur du noir. Mais je veux savoir. Le ballon est bleu, Alice court avec René.

Épilogue

J'ai eu dix-huit points de suture sur la lèvre infé-
rieure. J'ai aussi les deux dents de devant pulvérisées.
Je n'entends plus de l'oreille gauche et j'ai une côte de
brisée. Mais tout cela n'est point l'œuvre de la Brunswick du grand Sylvio, parce qu'au dernier moment je
me suis plaqué au fond du box, et la boule de l'Églantine d'or de Saint-Cynatie ne m'a pas touché d'un iota,
une hésitation de dernière minute touchant le monde
végétal et les plantes vertes. J'ai eu un doute. Ce n'était
pas la peur de mourir mais plutôt celle de survivre
dans la catégorie géranium.

Après la partie, je suis sorti pour prendre le frais.
Je me sentais en pleine résurrection. J'étais prêt à montrer à qui voudrait les voir les trous dans la paume de
mes mains. J'étais prêt à bénir les chevaux au coin des
rues et à laisser venir à moi les petits enfants. Au lieu

de ça, je me suis retrouvé devant Lefebvre qui m'attendait de pied extrêmement ferme. Il a seulement dit : « Ton copain Flash s'est fait arrêter ce matin. Alors je suis venu régler quelques détails. » Ensuite, il m'a fracassé la gueule. Tout ça s'est passé hier. Tout à l'heure, ils vont venir me chercher. J'ai vidé ma case parce que je change d'école. Je vais dans une institution adaptée. Je ne comprends plus rien. Mon père a dit : « Il y a toujours une solution. »

Je crois que la plus grande misère d'un être humain, c'est de ne plus savoir où aller. J'amorce un mouvement dans une direction, puis aussitôt j'abandonne avant même d'avoir fait le premier pas parce que je me rends compte que je ne peux pas y aller. J'ai coupé tous les ponts. Il ne me reste plus que l'immobilité. Pour la première fois de ma vie d'enfant, je découvre qu'il y a au-delà du désespoir un état mille fois pire encore. Ça n'a pas de nom et personne ne le désire jamais. Mais moi je sais d'où il vient. Il vient du néant. Je suis un grand malade imaginaire, et l'horrible virus qui me ronge, c'est la vie. C'est cela le néant quand la vie engendre le vide.

Face à Clarence, je me suis toujours senti comme un bûcher en feu. Je dois brûler pour exister. Les yeux de Clarence tournés vers moi étaient mon combustible. Pour vivre, le feu dépend de son combustible. Aujourd'hui, bientôt, tout à l'heure, il faudra oublier.

Le Cap-Vert, le 16 janvier 2000

MISE EN PAGES ET TYPOGRAPHIE :
LES ÉDITIONS DU BORÉAL

ACHEVÉ D'IMPRIMER EN JANVIER 2006
SUR LES PRESSES DE QUEBECOR WORLD LEBONFON
À VAL-D'OR (QUÉBEC).